이 책은 2016. 전라남도 지역스토리랩 우수스토리 선정도서인 〈숨 쉬는 마을로 라라라~〉의 후속작으로, 선애마을회가 기획하고 전남 정보문화진흥원이 후원하여 만들었습니다.

세상에 이런 마을에서 라라라~

-숨 쉬는 마을 민낯 공개-

세 상에 이런 마을에서 라라라 라~

장미리 지음

수선재

차례

마음으로 짓는 숨 쉬는 마을

에필로그

들어가기 전에

이 이야기는 저자의 체험을 바탕으로 한 픽션입니다.

책에 나오는 인물, 장소, 내용 등은 실제와는 상당한 차이가 있습니다.

생태공동체 마을에서의 현실 생활은 더 많이 '맑고밝고따뜻'하며 '자연자연'

하며 '모험가득'합니다.

세상에 이런, 숨 쉬는 마을에 꼭 한번 놀러 오세요~

숨쉬는 마을에 온지 어느덧 1년

주민으로서의 생활은 기대와 많이 달랐다

생태적이지 않은 집

시간만 때우는 명상시간

마트에서 사먹는 유기농 야채

마을에서 배출되는 쓰레기

생태마을 맞아?

그리하여 펜을 들었다!

이 곳에서의 생활을 낱낱이 까발려주겠어!

생태, 공동체 그리고 명상에 대하여!

사랑해요♡ 숨쉬는 마을

나 안티아님!!

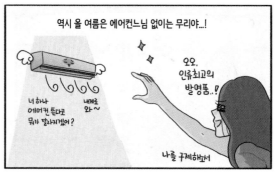

아냐! 명색이 생태.명상 공동체 주민인데..
나도 사명대사님처럼 정신력으로...!

덜덜덜

후꼰 후꼰

저 뜨거운
방에서 추위를
느끼다니...!

여기 에어컨
좀 꺼달라고 할까.?
내가 이러니까 여름 감기에 걸리지~
호호

난 지금 ☆벅스에 있다. ☆벅스다
에어컨 바람때문에 살이 떨린다.
덥지 않다 덥지 않다..!

뻘 뻘

에잇!

이,이번 더위는
사명대사 고조할아버지가
와도 안될거야..!

후다닥

숨쉬는 카페

12

그나저나 '숨쉬는 마을로 라라라~'를 쓸때도 여름이었는데

이 곳으로 오게 된 이야기를 책으로 쓰자!

작년의 주희

여름만 되면 영감이 샘솟는 나... 혹시..!

인간 베이크 아웃 효과?!

베이크아웃(bake out) :
새집증후군을 방지하기 위해 실내온도를 높여
건축자재나 마감재에서 나오는 유해물질을 배출하는 방법

유해 물질

감염

게으름

제발
날씨 좋을 때도
제 정신이었으면~!!

딴 것 그만하고
작업이나 하자

숨 쉬는 마을의 민낯 공개

몇 년 전 TV에 '삼시세끼'가 나왔을 때 처음엔 힐링이 되었었다.
연예인들이 나와 가스레인지도 냉장고도 에어컨도 없는 깡촌에서
밥 해먹느라 애쓰는 걸 보며 참신하다고 생각했다.

장작을 패서 불을 피우고 밥을 하는 데 한나절이 걸리고 맷돌에 커
피를 갈아 마시면 또 한 나절이 가고... 피자라도 먹으려면 화덕부터
만들어야 하고... 세상에, 우유를 마시려면 염소부터 키워야 하다니,
그게 그렇게 재밌어 보였다. (실제로 맷돌 어디서 파나 알아봄)

그런데 몇 년이 지난 지금까지 그러고 있는 걸 보니 조금 화가 났
다. 아무 생각 없이 침을 흘리며 보다가 문득 정신이 들었다. 땡볕 아
래서도 얼굴이 하얗고, 그렇게 불편한 환경에서 온갖 요리를 척척 해
내는 게 현실에서 가능한가.

프로그램이 원래 그런 건데 새삼 화를 낼 일은 아니었다.

그런데 나는 왜 그랬을까?

아마 숨 쉬는 마을에 살고 있는 내 상황과 관련이 있을 것이다.

이 마을에 정착하기까지의 과정을 담은
<숨 쉬는 마을로 라라라~> 책이 나오고 만 1년이 지났다.

여기까지 오게 된 것도 참 예상치 못한 스토리였지만
그 이후 있었던 일도 책 한 권으로 담기 부족한 모험담이었다.

하루하루가 그냥 흘러가는 법이 없는 스펙터클한 나날...
고생스러운 나날이기도 했다.
서울에 있는 가족에겐 전원생활의 여유로움을 얘기했지만
정작 시골생활에 여유로움을 느낄 틈은 없었다.

한겨울 따끈따끈한 방바닥은 너무 좋지만
그러기 위해 봄부터 소쩍새는 장작을 패고 나르고 불을 때느라 밤
늦도록 잠 못 이루어야 했다.

생태화장실은 선순환을 위한 아름다운 실천이지만
화장실이 집에서 먼 불편함은 안 겪어본 사람은 모를 것이다. 특히
비 오거나 추운 밤이라면 더욱.

또 뭐더라...?

줄줄이 사탕 같은, 아니 고구마줄기 같은(생태마을 주민으로서 적절한 비유인 듯) 불평불만이 책에서 이어질 예정이다.

이런 생각을 다들 한 걸까?
어느 날 마을 주민들의 행복은 제각기 표류하고 있었다.

핑크빛 바람이 빠지고 나니 시골 생활의 남루함이 드러났고
돈이 되지 않는 마을 일들은 점차 일손을 잃어갔다.

불편한 생태적인 장치들은 먼지가 쌓여 갔고
물 내리는 화장실과 버튼만 누르면 되는 기름보일러가 그리워졌다.

태어난 가족보다 끈끈하던 정은
공동생활의 힘겨움 속에 애증이 되어 가고 있었다.

정말?
그럼 마을 문 닫는 건가? 설마~
에이, 그래도 해피엔딩이겠지?

숨 쉬는 마을!
자연과 함께 하는 지속 가능한 삶을 살기 위해 만든
'생태공동체' 마을!

기존의 보금자리를 떠나 '다른' 삶을 살겠다며
무려 '마을'씩이나 만든 사람들!

미래를 준비하느라 현재를 희생하는 것이 아니라
지금 여기에서 행복하고 보람 있는 삶,
살기 위해 어쩔 수 없다며 자연에 폐를 끼치는 것이 아니라
조금 불편하더라도 자연과 공존하는 삶,
단지 돈을 벌기 위해서나 의무 때문이 아니라 하고 싶은 일을 즐겁
게 하며 사는 삶을 살겠다며~(이상 <숨 쉬는 마을로 라라라~>에서)
기꺼이 삽질을 한 사람들!

그래서 새벽부터 밤까지,
함께 명상을 하고 밥을 먹고 일을 하며
함께 공부도 하고 정을 나누던 사람들......
에게 무슨 일이 생긴 걸까?

상대를 사랑하기 위해서는 먼저 알아야 할 것이다.

알지 못하고 무턱대고 하는 사랑은
파국으로 끝나기 쉬울 터.

이 책은
첫눈에 반한 결혼처럼 과속스캔들로 마을에 온 이후
기대만 한아름이어서 실망도 한 트럭이 되었다가
서로 알아가며 진짜 사랑을 배워가는 과정이다.

이상이 아닌 현실을 인정하고
있는 그대로의 마을을 사랑하기 위한 과정.....
정말 여기는 완벽해! 할 수는 없지만 그래도
내가 숨이라도 시원하게 쉴 수 있는 곳,
숨 쉬는 마을이라 다행이야!

그렇게
천천히 사랑해요, 우리.

자, 그럼 숨 쉬는 마을의 궁상스런 현실 속으로~~

생태가 뭐라고

나 서울 갈래~

가만히 있어도 땀이 줄줄 흐른다. 선풍기는 돌아가는데 바람은 왜 이리 후끈한 거야. 작년에도 이랬었나? 남쪽나라여서 그런 건지, 올해가 특히 더운 건지 헤아려볼 총기 따윈 사라진 지 오래다. 정말이지, 못 참겠다. 이런 날씨에 그동안 다들 어떻게 살았던 거야......

하다하다 도시의 카페에 앉아 있는 상상을 해본다.

늘 가던 ☆다방, 창가 쪽 기둥 뒤 구석자리. 내가 꿀 발라놓은 그 자리엔 지금 누가 앉아 있을까? 아, 그렇지, 나야 나. 나는 지금 상상 중이지. 생각이 어떻게 3초 이상 지속이 되질 않네. 냉방병이라서 그럴 거야.

나는 지금 에어컨 바람이 너무 차서 캐시미어 목도리를 둘둘 감고 무릎에는 담요를 덮고 뜨거운 아메리카노를 두 잔째 들이키고 있거든. 그래도 너무 추워. 감기 걸릴 것 같아. 에어컨 좀 꺼달라고 해야 하나. 다른 사람들은 어떻게 참고 있을까. 그런데... 아차차 여긴.... 으악. 너무 더워.

아무리 상상을 해도 공기는 빈틈없이 후덥고 엉덩이엔 땀띠 날 것 같은 여긴 숨 쉬는 마을, 그리고 숨 쉬는 카페. 난 여기 앉아 노트북과 함께 땀을 흘리고 있다. 가만, 노트북 애도 파업 선언하는 거 아닌가 몰라.

난 왜 일 년 중 제일 더울 때 글을 쓰겠다고 여기 들어앉아 있는 걸까.

지난 이야기는 서울에서 숨 막히는 더위를 겪는 일로 시작했었는데, 지금은 시골에서 더 숨 막히는 더위를 겪으면서 시작하고 있다. 숨 쉬는 마을이면 뭐해! 더워서 숨을 쉴 수가 없는 걸!

'베이크 아웃' 효과라는 것이 있다. 새 집을 지으면 보일러를 풀가동하여 실내온도를 높인 후 환기를 시켜 건축자재나 마감재에서 나오는 유해물질을 날려버리는 방법이다.

나란 사람, 혹시 이렇게 한 번씩 베이크 아웃 해줘야 정신이 돌아오는 타입인 걸까? 또 이맘 때 이러고 있으니 말이다. 그렇다면 참으로 안타까운 일이다. 더위엔 남보다 몇 배 약해서 해마다 백전백패해왔기에.

하긴 그 누가 더위를 상대로 이길 수 있단 말인가. 지구온난화로 갈수록 지구는 뜨거워지고 있으니 앞으로 남은 날도 점점 겸손하게 살게 되겠지. 오! 더위님, 우리를 가여이 여기소서~

하지만!! 올해는 특히 더운 이유가 하나 더 있으니~ 바로 에어컨의 부재이다. 흑흑!!

숨 쉬는 마을로 라라라~ 제 발로 걸어 들어와 주민이라는 영광스런 이름표를 단 나는 야심차게 생태공동체 마을에서의 생활을 시작했지. 그리고 이곳엔 에어컨이 없지. 어머님이 에어컨을 싫다고 하셨나~ 아니 아니 어머님도 에어컨은 찬성이실 걸~

세상에나, 에어컨 없는 여름이라니~

물론 처음은 아니다. 어릴 때는 에어컨 있는 집이 드물었지만 그때는 이렇게 덥지 않았다고! 지금 이곳 숨 쉬는 마을에서 여름을 나고 있는 지금, 난 어느 더운 별에 불시착한 것처럼 심한 부적응 상태를 겪고 있다. 그리고 진지하게 생각해 본다.

지구가 왜 이렇게 뜨거워진 걸까?
제발 누가 나에게 에어컨 좀~

아니 그냥

나 서울 갈래~~

이토록 거룩한 이유

    서울 가겠다고 앙탈(?)을 부리고 있지만 안 갈 거다. 서울 가도 더운 거 아니까.

    에어컨 틀면 시원하지만 문을 열고 나오는 순간 느껴지던 더 심한 열기! 아직도 생생하다. 물론 이 순간 시원한 실내가 몹시 생각나긴 하지만… 이성을 차리고 더 떠올려 보자. 에어컨의 냉기만큼 밖으로 뿜어져 나오던 열기를!

    그만큼의 열기를 집집마다 경쟁하듯이 뿜어내는데 가뜩이나 더운 지구는 더 더워지겠지. 공기는 더 뜨거워지고 에어컨은 더 많이 틀어 대겠지. 지구가 자체 냉방시스템으로 열기를 식혀주지 않는 한, 열 받은 노트북처럼 언젠가는 빵 터질 거다. 체감으론 이미 한계점에 와 있지 않나 의심이 들고.

    우리나라 기온이 어느새 아열대가 되어버렸다. 초등학교 교과서에는 여전히 '우리나라는 사계절이 뚜렷하고 온화하다'라고 나와 있지만…… 언제? 어디가? 어쩐지 기후를 책으로 배우는 느낌이다.

지난 몇 년 사이 너무나 달라졌다. 봄가을은 찰나가 되어버렸고 여름은 길다. 겨울도 옛날보다 따뜻하지만 온난화의 역설인지 기습한파와 폭설이 닥치기도 한다.

'삼한사온'이라는 말은 오래전 사라진 공룡 같은 지식이 되었다. 지금 같아서는 '삼온사열'이 아닐까 여겨진다. 대체 왜 이렇게 되었을까?

인류의 한 사람인 나로선 누워서 침 뱉기 격이지만 그래도 떠올려 보면……

우리가 발 디디고 사는 지구라는 커다란 집!
다함께 사는 곳인데 마구 사용해서 지구가 균형을 잃은 게 아니냐고.
썩지도 않는 일회용품과 비닐봉지는 다 어디로 가는 걸까.
인체가 순환이 안 되면 아프듯이 지구도 답답하고 고통스러울 거야.

말로 하려면 입이 열 개라도 모자라지만,
이제라도 공존하며 살아보고자 생태마을을 만든 것이라고 위로해 본다.

숨 막히는 상황에도 어느 한군데라도 공기가 통한다면 희망은 있는 것 아닐까. 생태마을이 많이 생겨 지구가 시원하게 숨 쉬는 상상은 너무 낭만적인 걸까?

우리 생각은 그렇다. '나 하나 바꾼다고 뭐가 달라지겠어'가 아니라 '나 하나라도 바꾸면 작은 시작이 된다'는 것. 처음은 미약하더라도 나비효과처럼 점차 영향을 미칠 것이라고……

요런 거룩한 생각을 하고 온 건 아니다, 적어도 나는. 어쩌다 보니 눌러앉게 됐다는 걸, 우연히 굴러온 돌이란 걸 이미 책으로 널리널리 알려놓았으니 말이다.

하지만 나 말고 다른 이들, 마을을 처음 만들고 가꾸어온 분들은 좀 다르지 않나. 그분들은 정말 이런 훌륭한 생각으로 땅을 일구고 집을 지어 생태마을을 시작했던 것이다. 그것도 공동체 마을로! 자연과 사람과 하늘이 함께 숨 쉬는 마을을 만들겠다며.

그러니 얼마나 훌륭한 마을일까. 세상에 이토록 멋진 마을이 존재하다니. 이거 실화냐?

내 마음은 대학 신입생 때 첫 세미나 이후 처음 크게 흔들렸다. 그땐 세상을 바꿔야 한다고 생각했지만 이렇게 작은 것부터 하나라도 실천해야 하는 거였어. 바로 이거야.

내가 꿈꾸던 그곳이야! 멀리 어디 외국에 가거나 죽은 후에 가는 천국이 아니라 지금 여기 사람들이 살고 있는 마을이라고! 그동안의 방황에 마침표를 찍고 드디어 인생 제대로 시작하는구나! 오~ 이토록 멋지고 당당한 인생 2막이라니~~

대충 이런 이유로, 한마디로 그냥 좋아서 오게 된 마을이었다. 과연 사람들도 좋았고 마을생활은 즐거웠다.

그런데~~~

"그런데요?"

하루하루 지나면서...

"하루하루 어떻게 된 거죠?"

"잠깐, 저기 누구시죠."

어머, 요정?

"오호호호. 저는 생태요정이라고 해요. 영어로는 에코요정, 줄여서 eyo~?"

"어머! 무슨 요정이요?"

"요즘 문호개방이 돼서 온갖 요정들이 대방출됐잖아요."

"금시초문인데요."

"그게 시작은 피겨요정이었던 거 같아요. 발레요정, 골프요정 줄줄이 나오더니 이제 다이어트요정, 학점요정, 식탐요정, 하다하다 통장요정까지 나왔던데요. 왠지 인간들이 요정이 되고 싶은가 봐요."

"그럴 지도요. 그런데 다른 요정은 다 알겠는데 생태요정은 뭐 하는 요정인가요?"

"말 그대로 사람들이 생태적으로 살도록 살피고 돕는 요정이랍니다."

"그래요? 뭐 그렇다 쳐요. 갑자기 무슨 일이시죠?"

"오호, 나주희씨, 소문대로군요. 필터링 없이 생각나는 대로 말이 나온다고. 그냥 바로 나오시네요."

"재고 따지고 할 거 뭐 있나요. 궁금하면 물으면 되고 미안하면 사과하면 되고 고마우면 고맙다고 하면 되는 거지."

"시원시원해서 좋습니다. 그럼 계속해 볼까요?"

"무얼요?"

"하시던 얘기... 하루하루..."

"그랬죠, 참. 하루하루라고 옛날 노래 가사처럼."

"하루하루요? 빅뱅 노래군요."

"대~박! 생태요정의 입에서 빅뱅이라니."

"저도 동시대를 살아가는 요정이랍니다."

"그러시군요. 네, 하루하루... 빅뱅 초기작이죠. 개인적으론 이때의 그들을 유독 사랑합니다만. 내 젊은 날의 초상 같아서?"

"젊은 날이요?"

"종로에서 출판사 다니던 즈음 유행했던 노래거든요. 퇴근길에 울려 퍼지곤 했는데. 요즘은 길에서 노래 듣기도 어렵죠. 각자 귀에 꽂고 다니니까. 아이쿠, 지금 또 삼천포로 간 거 맞죠. 가만 계시지 말고 그때그때 좀 말려 주세요."

"그러려고 했는데 어디 끼어들 틈이 있어야 말이죠."

"아깐 깜빡이도 안 켜고 잘만 들어오시더니."

"그런가요."

떠나가.

"네?"

한숨만 땅이 꺼지라 쉬죠
내 가슴 속에 먼지만 쌓이죠

Say good bye

돌아보지 말고 떠나가라
나를 찾지 말고 살아가라
너를 사랑했기에 후회 없기에
좋았던 기억만 가져가라

그럭저럭 참아볼 만해 그럭저럭 견뎌낼 만해
넌 그럴수록 행복해야 돼
하루하루 무뎌져 가네 _빅뱅, '하루하루'에서

"이렇게 하루하루 지나면서 무뎌져가는 것들이 있었죠. 한숨만 늘고 먼지는 쌓이는데 마음이 걷잡을 수 없이……"

"안 되겠군요. 잠시 기자가 되어 인터뷰 형식을 취해 보겠어요."

"뭐라고요?"

이제는 말할 수 있다

"난데없지만 비하인드뉴스를 시작하겠습니다.

오늘의 키워드는 '급시착인가, 불시착인가'입니다.
1년 전 느닷없이 생태공동체로 귀촌한 나주희씨 소식인데요."

"이름은 나오지 않게 해주세요."

"네, 다시 가겠습니다. 숨 쉬는 마을의 나땡땡씨 소식입니다."

"나땡땡이 뭐예요!"

"그럼 나에코씨라고 해둘게요. 괜찮죠? 나에코씨는 전격적으로 숨 쉬는 마을의 주민이 되었습니다. 서울을 벗어난 적이 없는 기존의 삶에서 180도 전환하여 시골에, 그것도 완전 깡촌에 위치한 생태공동체 마을이었는데요. 갑자기 귀촌한 이유를 잠시 들어볼까요?"

"이제 와서 다시 떠들려니 민망하네요. 전작에서 충분히 어필을 했다고 보이는데요. 간단히 말씀드리면 어딘가에 매이지 않고 원하는 일을 하며 자연과 함께 하는 삶에 매료되었다고 할까요."

"듣기만 해도 너무나 여유롭고 좋은데요. 이제 와서 다시 인터뷰를 하시는 이유는 뭐죠."

"네? 제가 한다고 한 게 아닌데, 어떻게 된 거죠? 함정에 빠진 느낌이네요."

"누가 시작한 게 뭐 중요하겠어요. 이제부터 무슨 이야기를 들려주실지 참 기대가 되는데요. 어쩐지 얼굴에 살짝 그늘이 드리운 건 기분 탓일까요?"

"땡볕에 얼굴이 타서 그래요. 시골에서 다 그렇죠."

"죄송해요. 그렇군요."

"그리고…… 나무가 크면 그늘도 넓다고 했던가요. 기대가 너무 컸나 봐요."

"기대의 반대는 뭘까요?"

"뭘까요? 콩깍지가 단단히 씌어 냅다 시작한 생태공동체에서의 생활은 기대만큼이나 놀라움과 실망의 연속이었는데요.

놀라움은 지난 〈숨 쉬는 마을로 라라라~〉에서 보신 대로입니다. 그랬다시피 서울에서의 삶을 정리하고 전격 귀농을 감행했죠. 그것도 생태공동체로의 입주여서 주위 사람들의 놀라움을 샀고요."

"그런데 이번에는 실망인가요? 어떤 의미죠?"

"네. 이런 인터뷰까지는 생각지도 않았는데 이왕 말이 나왔으니..."

"네네. 고 온――."

"익명처리 꼭 부탁드려요."

"음성변조도 해드릴게요."

"정말 요정 맞아요? 트렌드에 너무 밝으신 것 같아."

"생각보다 그렇게 생태적이지 않은 마을이었죠?"

"아, 놀라라! 당신은 또 누구죠?"

숨 쉬는 마을의 밤은 유난히 고요하다

깊은 밤 문득 잠에서 깨어나면

모험이 시작된다

새벽에 화장실을 가기 위해선
많은 장애물을 넘어야 한다

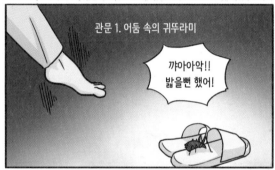

관문 1. 어둠 속의 귀뚜라미

관문 2. 매서운 새벽 바람

화장실 어벤져스

"나는 생태요정의 반쪽 안생태요정이에요."

"뭐라고요? 기가 막혀서."

"우리 둘은 쌍둥이 요정으로 항상 함께 있죠. 동시에 나타날 수 없는
게 좀 아쉽지만요. 지금 안생태스러운 얘기 하시려는 거 같아 바통 터
치 했어요. 생태요정은 안생태한 걸 접하면 굉장히 힘들어하거든요. 걔
가 조금 마음이 약해요."

"거참 우스꽝스러운 요정 세계군요. 생태와 안생태라니 무슨 동태와
생태도 아니고."

"왜요? 생태공동체라면서 안생태, 안공동체스러운 것보다 낫지 않아
요? 적어도 '눈 가리고 아웅' 하는 건 아니니까요."

"그게 무슨 말씀. 누가 그런다고~"

"내숭떨지 말고 솔직해져요, 우리. 내 말이 맞죠?"

머뭇.

줄여서 안생요정은 나를 보고 고개를 끄덕이며 손짓을 했다.

"난 어떤 얘기도 받아들일 수 있어요. 어려워 말고 고온고온~~"

"어휴.

그래요. 어쩐지 아주 간신히 생태라는 이름표를 걸고 엉덩이만 걸치고 있는 것 같았어요."

"화장실 얘기하는 거예요? 우하하."

"생태화장실이란 것부터가 보여주기 식이었어요."

"네? 생태마을이라며 제일 먼저 자랑스럽게 소개했던 생태화장실이요? 그게 다 설정이었다는 건가요?"

"그건 아니고요. 주민들 중 일부에 해당하는 분들이 생태화장실을 '극혐'하시더라고요. 도저히 그곳에서는 뭐냐 그 안 나온다며 동네 관공서나 도서관으로 굳이 나가시기도 하고..."

"똥 싸러요?"

"저기 말씀 좀..."

"예. 언어순화, 알겠습니다."

"음... 마을 규약에서 사용하지 않기로 한 수세식 화장실을 사용하기도 하고요."

"아~ 마을에 수세식 화장실이 있긴 있어요?"

"집집마다 있긴 있죠. 건축허가를 받으려면 화장실은 필수로 있어야 하거든요. 사용하지 않기로 해서 잠가 놓고 있지만요. 그런데 그걸 열고 사용하는 거예요."

"헉. 왜 그러는 걸까요? 그런 게 싫으면 떠나면 될 텐데요."

"이해가 안 되시죠. 직접 살아보시면 이유를 열 가지는 발견하실 수 있을 거예요."

"그렇군요. 그래서 땡땡씨께선 원칙대로 생태화장실을 이용해야 한다고 외치다가 이렇게 실망하신 거군요."

"그렇게 보이시나요? 저도 뭐 그렇게 떳떳한 입장은 아닌데... 그리고 땡땡씨 아니고요."

"아, 나에코씨죠."

"나에코씨라고 하니까 일본 사람 같지 않아요?"

"그럼 대체 뭐라고 부르라고요. 이름도 싫다, 별명도 싫다."

"나에코가 제 별명은 아니죠. 급조된 호칭이지."

"학창시절에 별명 없었어요?"

"없진 않죠. 미리미리라고... 앗 실수."

"그건 또 왜요?"

"하도...... 아니 그건 말할 수 없어요."

"짐작은 가지만 묻지는 않을게요. 그럼 미리미리라고 부를게요."

"왜요!"

"무명씨라고 부를 수도 없잖아요. 안 되면 안 되는 이유를 말씀해 주시고요."

"그건 안 돼요."

"그럼 일단 미리미리씨. 어서 질문에 답변이나 미리미리 하시죠."

"끄응... 내 이럴까봐 말을 안 하려 했는데... 저도 처음부터 생태화장실이 그렇게 맘에 드는 건 아니었어요. 하지만 그 생태라는 것만은 포기하고 싶지 않아서 꾸역꾸역 사용을 하긴 했는데..."

"했는데요...?"

"처음 얼마 동안은 정말 뿌듯했어요. 화장실에 갈 때마다 지구를 구하는 어벤져스의 일원이 된 것 같은 느낌? 왜 그런 거 있죠."

"화장실 어벤져스요? 조금 웃긴데요."

"천리 길도 한걸음부터라고 하잖아요. 사과나무 한그루 심는 마음과 다르지 않죠."

"그렇게 사과나무를 심다가 무슨 일이 생긴 건가요?"

"……"

"저기요? 미리미리씨?"

"음성변조 되고 있는 거 맞죠?"

"헬륨가스 목소리로 나가게 될 거예요. 걱정 마세요."

어쩔 수가 없었어요

"어쩔 수가 없었어요."

"뭐가 어떻게요?"

"어느 날인가부터 저도 들로 산으로, 아니 관공서로 도서관으로 다니게 되더라고요."

"자랑스런 생태화장실이 기피시설이 되어버린 이유는 무엇일까요?"

"그게 말이죠. 처음엔 좋았어요. 그것도 신상 효과인지. 그런데 조금씩 어딘가 찝찝한 거예요."

"왜일까요?"

"아무래도 공동 화장실이잖아요? 한번쯤 물청소도 하고 빡빡 살균세

척하고 싶은 생각이 드는데 그게 안 되는 거예요. 그 자체가 물을 사용하지 않는 구조이므로.

그러다보니 거기 앉기가 싫어지고... 들어가기도 싫어지고.... 차라리 옛날 시골에 있던 푸세식이 더 낫다는 생각마저 하게 되는 거죠. 적어도 엉덩이를 대지는 않으니까... 너무 자세한 설명 죄송해요."

"이해가 갑니다."

"근데 정말 익명으로 나가야 돼요. 안 나가면 더 좋고."

"거참, 걱정 마시라니까요. 양변기 스타일이 문제라면 다른 식으로 만들어 보면 어때요?"

"제가 안 해본 게 있을 거 같으세요? 이렇게 저렇게 몇 개나 만들어 봤어요."

"화장실을 만들어요? 와, 대단해요. 어떻게요?"

"엄밀히 말하면 화장실이 아니라 변기를 만든 거죠. 뭐 그렇게 어렵진 않아요. 생태화장실은 수도나 배관이 필요 없고 그냥 양동이 하나만

있으면 되는 걸요. 시스템이 단순해요. 요강의 현대식 버전이라고 보시
면 돼요."

"풋. 그렇군요. 그런데 뒤처리가 좀 난감하겠어요."

"맞아요. 여럿이 쓰는 곳은 당번이 한꺼번에 퇴비장으로 보내는데
혼자서 요강 같은 걸 들고 다니자니 우습고, 부끄럽기도 하고……"

"정말 웃픈 이야기네요."

"지금은 웃지만 정말 힘들었답니다. 생존의 문제였어요. 이 마을에
서 살아남으려면 생태화장실에 적응을 해야 하는데 그게 힘드니까 어
떻게든 제 힘으로 만들어보려 했던 거죠."

"목마른 사람이 우물 판다는 속담이 떠오르네요."

"라이트 형제가 비행기를 만들 때 이렇게 절실했을까. 지구상의 온
갖 변기를 다 검색해 봤죠. 유아용 변기부터 캠핑용 이동식 변기, 의료
기기로 나온 1인용 변기, 외국의 생태화장실 등등… 가격도 천차만별
이고 하도 여러 종류가 있어서 고르기가 힘들었어요."

"변기가 그렇게 종류가 많나요?"

"저도 놀랐어요. 인간이 이런 생각까지 하는구나, 이런 변기까지 필요하구나, 했죠. 일회용 변기들도 많이 나와 있는 걸 보고 특히 놀랐어요. 일회용품이 이제 화장실까지 진출했구나, 하고요."

"그것도 그러네요. 그럼 일회용품이라 사용을 안 한 건가요?"

"그건 아니고요. 어디 놓을 데가 마땅치 않더라고요. 방에서 사용할 수도 없고 거실에 놓을 수도 없잖아요? 이렇게 저렇게 시도하다가 그냥 포기하고 외부로 다니게 된 거예요."

"봉고차 타고 같이들 다니시는 건 아니죠?"

"봉고차라니요."

"지난번에 다 같이 수상한 봉고차 타고 나가는 거 봤거든요."

"이거 참 CCTV 달아놓으셨나. 그거 마을차 타고 영화 보러 간 거거든요. 그리고 다시 말씀드리지만 화장실 부적응자는 아주 일부입니다. 그리고 생태화장실도 나름 열심히 청소는 하고 있고요. 물을 좍좍 내리면서 청소를 못 한다 뿐이지."

"네네. 그럼 위생 문제만은 아니군요?"

"맞아요. 일단 실외에 있다는 게 불편한 거예요. 그래서 슬금슬금 집 화장실을 열어서 쓰는 사람도 있는 거죠."

"마을 밖으로 나가느니 그게 낫겠네요."

"아니죠. 마을에서 생태화장실을 선택한 취지가 있는데 혼자서 수세식을 사용하면 되겠어요?"

"듣고 보니 그 말도 맞네요. 그럼 어떻게 해야 할까요."

"저도 그래서 온갖 생태 변기를 다 만들어 본 거예요. 어떻게든 살아보려고. 근데 자꾸 화장실 얘기만 하니까 찝찝하네요. 그래도 변기공주라 불리진 않겠죠. 워낙 유명한 분이 계시니."

"그분은 수세식 전공이신 것 같아요. 분야가 다르죠."

"님이야말로 필터 좀... 민망한 내용이지만 솔직히 얘기하는 이유는,

이 문제가 심각하다는 생각이 들었기 때문이에요. 가장 기본적인 부분에서 편안하지가 않은 거잖아요."

"그러니까 미리미리씨는 생태는 포기할 수 없지만 편리함도 놓치지 않겠다는 입장인 거죠?"

"그렇게 되네요. 편리하고 깨끗하고 예쁜 생태화장실, 꼭 만들 거예요."

"집에 놓을 곳이 없다면서요. 무슨 방법이 있나요?"

"앗! 생태요정님 나오셨네요?"

"네~ 왠지 희망이 보일 것 같아서요."

"아직 나오실 때는 아닌 것 같은데......"

"들어갈까요?"

"아뇨. 근데 생태요정님도 미리미리과인 거 같아......"

"그게 무슨 뜻이죠? 저는 그런 요정이 아니에요."

"제 입장에선 고도의 칭찬인데요. 뭐든 빨리 행동한다는 뜻이에요. 어차피 할 일이면 바로 하고, 어차피 낼 돈은 미리 내죠."

"좋네요. 일이 밀릴 일은 없겠어요."

"그런데 너무 미리미리 해버리는 바람에, 다 올라가서 헉헉거리며 이 산이 아닌가? 하는 경우가 종종 있다는 게 함정~"

"그건 그냥 성격 급한 거 아닌가요? 제가 어디를 봐서..."

"나올 타이밍 한참 전인데 벌써 나와 계신 분이 하실 말씀은......"

어떻게 이런 일이~

"그래서 무슨 방법을 찾았다는 거예요?"

"그게 일이 좀 커졌어요."

"A라는 문제에 B라는 간단한 해결책이 있다고 쳐봐요. 그런데 사실은 A에는 A-1, A-2, A-3 등 무수한 문제가 숨어 있었던 거예요. 그리고 해결책 B에도 B-1, B-2 등등의 문제가 잠재해 있었고요. 그러므로 이 문제들을 한 번에 커버하기 위해 C라는 커다란 해결방법이 필요했어요."

"그게 무슨 말씀이시죠. 알아듣게 좀…"

"생태화장실 문제를 해결하려고 하니 정말 막막했어요. 개인 화장실 만드는 것도 힘들고 신호(?)가 올 때마다 관공서 가는 것도 힘들고, 차를 타고 가야하니 친환경이랑 거리가 멀기도 하고 기존 생태화장실을 쓰려니 걸음이 떨어지지 않고 등등......"

"지금까지 얘기한 거잖아요?"

"여기까지가 A라는 문제고요. 그 외에도 해결해야 하는 문제들이 있었다는 거예요. 대표적인 문제가 바로 저거!!"

"김장용 고무통인가요?"

"어휴. 이래 봬도 빗물저장장치랍니다."

"빗물이라고요? 오물 같은데요."

"그런 말씀 마세요. 하늘에서 내려온 깨끗한 빗물이랍니다. 한때는요."

"그런데 어떻게 이렇게~~"

"실은 제가 하고 싶은 얘기예요. 처음 저도 이걸 봤을 때 쓰레기통인가 했어요. 여름이어서 더 그랬겠지만 이름만 귀여운 장구벌레가 단체로 수영 연습하는 곳이었어요."

"으으윽..."

"생태요정님, 고정하세요."

"이쯤 되면 안생요정님 나오시는 거 아닌가요?"

"그렇잖아도 여기 있습니다. 생태요정은 거의 실신 상태인데요?"

"그렇게 약하셔서 이 험한 지구에서 어떻게 사시려는지……"

"남 걱정할 때가 아닌 듯한데요. 어떻게 그렇게까지 되었을까요?"

"네에... 이걸 만들었을 취지야 더할 나위 없이 거룩하죠. 물 소비를 줄이고 빗물을 활용하자는 건데, 제대로 활용이 안 되다 보니 이렇게 변해버린 것이지요."

"이런 이런~ 생태적이라는 것이 비위생적이라는 것과 통하는 개념은 아닐 텐데요, 생태화장실도 그렇고 빗물 저장장치도 그렇고 어쩐지 혐오시설이 되어 버렸네요."

"아니 이보세요. 혐오시설이라니요."

"미리미리씨도 아까 그런 표현 하셨었잖아요?"

"남의 입으로 들으니 기분이 좋지 않네요. 그래도 우리 마을이거든
요."

"가재는 게 편, 팔은 안으로 굽는다, 그런 건가요?"

"미우나 고우나 우리 마을이에요. 말씀 조심해 주세요."

"뭐 저는 안생요정이니 좀 거슬려도 이해해 주세요. 태생이 그런 걸
요."

"네~ 그러시군요. 잘 알겠습니다. 생태요정이 보고 싶어요."

"우리 둘은 따로 또 같이, 혼자 있어도 둘이 있는 것과 같아요."

"지킬과 하이드 같은 건가요. 아무튼 두 사람을 동시에 상대하려니
힘드네요. 혼자서 탁구를 더블로 치는 거 같아요."

"앞으로 주로 저만 상대하시면 될 거예요. 생태요정은 점점 발붙일
곳이 없어지고 있죠. 우하하."

"정말 땅에 닿을수록 힘이 솟는다는 대지의 여신 아들 같으시네요. 이름이 뭐더라."

"헤라클래스랑 싸운 안타이오스 말인가요?"

"그렇게 생태에서 멀어질수록 힘이 솟고 신이 나시나 봐요."

"인간들이 저를 자꾸만 키워주네요. 요즘 말로 육성한다고 하죠."

"정말 토실토실 과육성 되신 거 같아요."

"과찬의 말씀. 그래서 빗물은 잘 활용하고 계신가요?"

"보다시피 얼른 갖다 버리고 싶을 뿐이네요. 자, 이제 더 신이 나시 겠어요."

"신난다기보다 이상하게 힘이 솟네요. 어쩌죠. 뭔가 엄청난 이야기가 기다리고 있나 봐요."

"아직까지는 발단에 해당해요. 이왕 듣기 시작했으니 끝까지 함께 해요. 단 오해는 금물!"

"반전이라도 있나요? 기대는 별로 안 되지만..."

"'홍칫뿡'이에요. 빗물도 생태화장실 못지않게 팔 걷어붙이고 알아봤죠. 어떻게 더 잘 할 수 없나."

"잘 됐나요?"

"의외로 많은 분들이 같은 고민을 하고 계셨고 정말 좋은 방법을 찾았답니다."

"오오~ 그러면 제가 이제 퇴장할 때가 된 건가요?"

"제발요."

일이 커졌어요,

"갈 때 가더라도 우리 맥락을 좀 이어 봅시다. 그래서 무수한 문제들에 대한 포괄적 한방 C가 대체 뭔가요?"

"우리는 이상적인 생태마을을 다시 만들어 보기로 했어요. 쿠쿵!"

"이번 생은 틀렸어, 다시 태어나야겠어, 이런 느낌인데요?"

"태어나는 건 신의 영역일 테지만 마을을 만드는 건 인간이 할 수 있지 않을까요?"

"일이 너무 커진 건 아닐지······"

"그래서 미니 마을을 만들기로 한 거예요. 더 자세히 말하면 작은 집이죠."

"또 너무 작아지는 느낌인데요?"

"작더라도 마을의 가치를 제대로 실천하는 게 핵심이에요. 생태공동체 숨 쉬는 마을 프로젝트를 처음 시작했을 때 하고 싶었던 것들, 여건이나 일정 때문에 타협하고 포기한 부분들을 작게라도 한번 구현해 보기로 한 거죠."

"이제 와서 생태마을을 다시 조성한다니."

"미니어처 숨 쉬는 마을이라고 하면 이해가 되실까요? 소규모 생태공간을 만들어 보는 거예요. 한 채의 작은 집과 주위 땅으로 시작해 보려고 해요."

"숨 쉬는 마을 속 숨 쉬는 마을인가요?"

"'작은 숨 쉬는 마을'이라고 하는 게 낫겠네요. 숨 쉬는 마을이 지구에서 숨통 트이는 공간이기를 바라듯, 이곳이 숨 쉬는 마을에서도 숨통트이는 공간이기를 바라는 마음이랍니다."

"정말 좋겠네요. 그렇게만 되면~"

"어머! 생태요정님~!"

"지켜보다 괜찮을 것 같아 나왔어요. 이제 유기농 꽃길만 걷게 되겠죠?"

"그게... 어떤 일이 있든 진득하게 좀 지켜보아 주세요. 점점 좋아지긴 할 거예요."

"제 뜻이 아니라서요. 저도 모르게 반응하게 되어……"

"살살 할게요, 그럼."

"잠깐만요. 그런데 이 모든 게 화장실 가기 싫어서 시작한 일 아닌가요."

"그러고 보니 그러네요. 개인 생태화장실을 들여놓으려다가 마땅한 공간이 없어 집을 어떻게 개조할까 하다가 여기까지 왔어요."

"정말 화장실만 어떻게 해볼 수는 없었나요? 이렇게까지 일을 키울 수밖에 없었던 건가요?"

"'방법이 없진 않죠, 라고 멋지게 말하고 싶지만 방법이 없었어요. 아시다시피 문제는 그것만이 아니었거든요. 같이 다 바꾸지 않는 이상 마찬가지일 것 같았어요."

"뭐가 그렇게 문제인가요. 지난 번 책에서 보니 완전 행복으로만 가득한 마을인 것 같던데요. 비현실적일 정도로요."

"맞아요. 마을은 나름 행복해요. 도시에서 살던 것에 비하면 정말 좋아요."

"그런데 왜 그래요?"

"그래서 문제예요. 처음 생각했던 대로 가고 있지 않는 부분들이 있는데 그냥 이대로가 편하다고 안주하고 있는 거예요. 굳이 바로잡고 하려면 갈등도 생기고 에너지가 드니까 그냥 지내는 거죠. 그렇게 큰 하자가 있는 것도 아니어서 나름 잘 하고 있다는 기분이 들기도 해요."

"그냥 그렇게 살면 안 되나요?"

"이대로도 괜찮아, 하며 살기엔 좀 아쉬워서요. 이왕 생태공동체마을을 이루고 살 바에는 좀 더 멋지게 해보고 싶어요."

"다 좋은데 하필 미리미리씨가 설, 나서는 거죠?"

"방금 설친다고 하려고 하셨죠? 호호. 괜찮아요. 사실이니까요. 오래된 분들 눈에는 보이지 않는 것이 제 눈에는 보이기 때문이에요. 익숙해진 후에는 웬만하면 다 괜찮아 보이잖아요."

"그렇겠군요. 그럼 어떤 것부터 시작하는 거죠?"

별 같은 눈을 반짝이며 생태요정이 물었다.

인스턴트 하우스

"집이에요."

"집이요?"

"말씀드렸듯이 집을 새로 조성해 보기로 한 거예요. 말이 집이지, 작은 마을이지요."

"마을에 집이 부족하진 않은 거 같은데요?"

"그런데요. 사실 숨 쉬는 마을의 집들은 아이러니하게도 생태하고는 처음부터 담을 쌓은 집들이었어요. 단도직입적으로 그냥 조립식 주택이에요. 저는 건축에 문외한이라 처음 들어봤는데 샌드위치 판넬이라고 하더라고요."

"샌드위치요?"

"그걸 알았을 때 얼마나 실망했던지. 당연히 생태주택일 줄 알았거든요. '자연친화적인 자재로 지은 작은 집에서 산다'는 마을 규약도 있잖아요."

"그렇군요. 혹시나 했는데."

"그땐 조용히 마을을 떠나야하나 고민할 정도였어요. 이름만 생태공동체이지, 의식주 중에서 제일 크고 중요한 '주' 부분이 말하자면, 일회용이었으니까요."

"일회용 집이 어딨어요?"

"전혀 지속가능하지가 않다고요. 라면으로 끼니를 때우면서 유기농음식을 파는 사람을 보는 느낌이었어요."

"좀 의아하네요. 왜 처음부터 생태적으로 하지 않고 라면 같은 집을 지었을까요?"

"처음 도심 속 명상학교에서 만나 얘기할 때만 해도 이렇게까지 될줄 몰랐겠죠. 공기 맑은 시골에서 마음껏 호흡하고 싶어서 시작한 일이라고 해요. 전문가들도 아니고 마음만 앞섰던 거죠. 제일 빠르고 쉽다는 샌드위치를 선택하게 된 거고요. 뭐 바쁠 때는 밥 대신 샌드위치를 먹듯이 말이에요."

"집을 인스턴트로 지었군요."

"과정을 들어보면 이해는 돼요. 그렇게 하지 않았더라면 아직도 궁리만 하고 있을지도 모르고요."

"그러네요. 생태요정인 제 입장에선 조금 더디더라도 제대로 공부하고 생태주택으로 지었으면 좋았겠지만...... 그래도 이렇게 일단 시작을 해놓으니 관심 있는 분들이 모이고 개선을 해볼 수도 있는 거겠지요."

"처음 내려오신 분들이 정말 대단하고 존경스러워요."

"그러면 그렇게 실망할 일만은 아니잖아요?"

"맞아요. 제가 뭐라고 할 입장도 전혀 아니고요."

"그럼 뭐예요. 지금까지 하신 말은."

"하지만 저도 이제 주민의 한 사람으로서 더 좋은 환경을 기대할 수 있는 거 아니에요? 뭘 어떻게 해달라고 요구하는 게 아니라 내가 어떻게 해보려고 궁리하는 중이고요. 스스로요. DIY 아시죠?"

"과연 셀프로 그런 것들을 진행해볼 수 있을까요?"

"그 어려운 걸 제가 하려고 한다니까요. 혼자 하기 아까워 동지를 모집했고요."

"동지?"

"일명 S 특공대!"

"그게 뭐예요?"

"숨 쉬는 마을 특공대라고 해요."

"방금 지은 이름 아니에요?"

"왜 이러세요. 벌써 일곱 명이나 모았다고요~"

"왜 일곱 명이에요?"

"멋있잖아요. 황야의 7인, 7인의 사무라이, 백설공주와 일곱난장이, 소문난 칠공주... 어쩐지 잘 될 거 같은 느낌적인 느낌!!"

"어처구니가 없네요. 마을 주민들이에요?"

"그렇기도 하고 아니기도 해요. 미리미리, 마린, 하하, 케이틀린, 샤이, 찰스, 허클......"

"처음 듣는 이름이 많네요. 대체 어떻게 모은 사람들이에요?"

"차차 들어 보세요."

"마을에서 하는 건가요?"

"숨 쉬는 마을이 진짜 숨 쉬는 마을이 되는 거예요."

"몇 년 동안 해도 안 되던 게 잘 될까요?"

"모르겠어요."

"네?"

"이효리가 그러더라고요. 가능한 것만 꿈꿀 수 있는 건 아니라고?"

"혹시 요즘 유행하는 '이효리병' 아니세요?"

"새삼 느끼지만 참 트렌드에 밝으세요. 혹시 뉴스룸도 보시는 거 아니죠?"

"상상은 자유~ 그나저나 이효리병 요즘 독감보다 전파력 있던데. 조만간 요가랑 다도도 배우실 듯?"

"뭘 하든 행복하게 살고 싶어요. 숨 쉬는 마을에서 하고 싶은 거 다 하면서."

"오~ 이 대책 없는 긍정은 무엇 때문일까요?"

"우선 몇 달이나 마을을 떠나 있던 준호 선배가 돌아오면서 다른 바람이 불기 시작했어요."

"〈숨 쉬는 마을로 라라라~〉에서 미리미리씨를 이 마을로 유인했던 이준호씨요? 어떤 바람이죠?"

"유인이라니요. 제 발로 온 거예요."

"전 국민이 다 아는 사실을."

"쉿, 그럼 들어 보세요~"

공동체 페르소나

세 가지 놀람

"뭐? 정말 낙생이 없어졌다고?"

오랜만에 만난 준호는 오자마자 연타를 맞고 쓰러지기 일보직전이었다.

KTX역까지 힘들게 마중 나간 내 안부는 안중에도 없이 마을소식만 묻더니 대답을 할 때마다 총 맞은 것처럼 난리였다. 아주 매트릭스인 줄. 그동안 누누이 소식을 전했건만 뭘 새삼스럽게.

"낙생, 그러니까 우리들의 공동식당, 즐거움이 샘솟는 그곳 말이야?"

"그렇다니까. 전화로 다 얘기했잖아. 없어진 건 아니고 자율적으로 운영하기로 했다고."

"게스트하우스에서 조식 먹듯이 셀프로 말이지?"

"다들 당번을 부담스러워 해서 결국 마을회의에서 그렇게 결정했어."

"겨우 한 달에 두어 번인데 그게 힘들어서?"

"그게 날짜를 마음대로 정할 수도 없고 바꾸기도 힘들고 자꾸 펑크가 나니까 서로 스트레스 받고 하다가......"

"뭐가 그리들 바쁘다고."

"응. 요즘 많이들 바빠졌어."

"대체 그동안 무슨 일이 있었던 거야!"

"그러게 거긴 왜 간 거야. 있는 마을이라도 잘 하지 않고."

"아이고, 또 필터 없이 말이 나와 버렸다. 이건 아닌데... 어디선가 안생요정이 한 마디 하는 것 같다. 쯧쯧..."

"앞으로 잘 하면 되지. 어제의 동지들, 오랜만에 으쌰으쌰 해보자 고."

같이 나간 홍반장이 분위기를 다듬었다.

'하여튼 사람만 좋아서는.'

"영국까지 유학 갔으니 뭔가 많이 배워왔겠지?"

난 백미러로 뒷좌석에 앉은 수상한 여자를 힐끗 보며 말했다. 눈이 마주치니 굉장히 환하게 웃으며 또 고개를 숙인다. 몇 번째 인사인지, 정말 예의는 바른 여자다.

준호는 지금 영국에서 막 돌아온 참이다. 6개월여 전 세계생태마을 네트워크 축제인지에 초청받았다며 영국으로 가더니 눌러앉아 신나게 놀다가 이제 와서 뒷북이다. 힘들었다고, 죽는 소리 하지만 안 속는다. 그림 같은 사진으로 가득한 페북은 별나라에서 대신 해준 거냔 말이다.

"그런데 자연주의 마을에서 농사짓다 온 거 맞아? 런던에서 놀다 온 거 아니야?"

준호가 도착하고 세 가지 이유로 우린 깜짝 놀랐다. 첫 번째는 너무 멀끔해서. 허연 머리는 여전했지만 새치 많은 20대라고 해도 믿을 정도로 뽀얀 피부와 또렷한 이목구비가 까무잡잡 시골스타일로 변한 우리

와 대비됐다.

"토트네스도 시골이야. 런던에서 기차로 3시간도 넘게 걸린다고."

"그럼 우리로 하면 전주나 나주쯤 되는 건가? 거기서 뭐했는데?"

"뭐하긴~ 유기농으로 농사짓고 한국 스타일 음식 만들어서 마켓에서 팔기도 하고 공동체 모임도 하고……"

"결국 농사지어 장에 내다 팔고 하는, 여기 시골에서 하는 거랑 똑같은 거 했다는 얘기 아냐? 그걸 꼭 거기까지 가서 해야 되나. 영국 시골은 뭐가 달라?"

이상하게 말이 빠르고 세게 나가서 나도 당황했다.

"워워. 반가워서 궁금한 게 많은가 보네. 이소장도 참 시골로만 돌아다니는데 어쩜 그리 차도남 같은지."

"홍반장도 참, 언제 적 차도남이야. 그리고 소장은 무슨. 숨 쉬는 마을 생태공동체 연구소장이라는 중책은 헌신짝처럼 버린 지가 언젠데. 그런데 그쪽에서 선배를 어떻게 알고 초대한 거야?"

"가보니까 내가 한국대표로 온 거더라고. 이래서 이름을 잘 지어야 돼. 대한항공 하면 대한민국 국영 항공사 같고 경남대학교 하면 경상남도 도립대학교 같잖아."

"그럼 숨 쉬는 마을 생태공동체 연구소라는 이름 때문에 한국 대표 생태마을 연구소가 되었단 말이야?"

"영어로는 끝에, of Korea라고 살짝 붙어 있어."

"맙소사!"

6개월 만에 궁금증이 풀리며 두 번째 놀람이 터졌다.

하지만 우리가 경악할 만큼 놀란 건 세 번째 이유 때문이었다. 준호가 웬 여자를 데리고 온 것이다. 이민가방만큼 커다란 트렁크를 끌고 있는 노르스름한 머리의 여자였다. 이럴 수가! 설마 농촌총각 이준호 씨, 그새 (다문화) 가정이라도 이룬 건가?

이름은 왠지 케이틀린이라고 했다. 뭔가 마법사 같은 이름. 준호 말로는 영국에서 만나 도움을 많이 받은 친구라는데 왜 여기까지 따라온 걸까. 수상해......

이런 생각을 하는 동안에도 여자는 방긋방긋 왜 이렇게 해맑은 거야.

수상한 여인의 정체

"참, 주희하고 케이틀린 어쩌면 어릴 때 만났을지도 몰라."

"오잉? 외국인 아니에요?"

"영국 국적인데 어머니가 한국인이셔. 한국에서 태어나서 초등학교 들어가기 전까지 서울 서대문구에서 살았더라고. 주희도 어릴 때 그 동네 살았다고 하지 않았어?"

"으응. 그랬지."

"어릴 때 동네 외국인 친구 기억 안나?"

"나 학교 들어가기 전까지는 아무 기억도 안 나."

"하긴 지금도 기억을 잘 못하는데 그때 기억이 나겠니. 물어본 내가 잘못이다."

"뭐야?"

"한국에 멋진 공동체가 있다고 하도 자랑을 해서 궁금해서 왔어요."

케이틀린은 나의 의심스런 눈치를 챘는지 못 챘는지 다정하게 말을 이었다.

"선배가 그랬어요? 그런데 어떻게 그렇게 한국말을 잘 해요?"

한국인보다 더 또렷한 발음에 놀랐다. 기차역에서 반가워요, 하고 손 내밀 때만 해도 그런가보다 했는데. 적어도 시옷 발음이 어려운 유아 구강구조 홍반장보다는 나은 듯.

"집에서 어머니가 한국말을 잊지 않도록 계속 사용하시나봐. 대학 때도 교환학생으로 왔었다고 하고."

"무슨 대변인이야?"

평소 준호답지 않게 과잉친절이었다.

"제가 언니도 두 명 있는데 다 한국말을 잘 해요. 마린, 제가 대답할 게요. 호호."

"그런데 왜 마린이라고 불러요?"

준호가 말을 이어갔다. 숨 고를 틈도 없이.

"토트네스에서 부르던 별명이 마린이야. 거기선 직함이나 호칭 없이 이름만 부르니까 편하더라고. 여기서도 그냥 마린이라고 할까봐."

"선배!"

"선배가 어딨어. 다 같은 주민끼리 평등하게 부르면 어떨까 해. 홍반 장은 어때?"

"우하하, 괜찮은데? 마린? 그럼 난?"

"홍반장~"

"뭐?"

"별명 홍반장이잖아. 존칭도 아니고 직책도 아닌 그냥 홍반장. 좋은데?"

"이럴 수가. 나도 다른 걸로 해줘~"

"그럼 하하."

"개그맨 하하?"

"잘 웃으니 하하, 좋지 않아?"

"하하 좋다 좋아."

난 손뼉을 치며 맞장구를 쳤다.

"그럴듯한 영어 별명으로 어떻게 좀~"

홍반장 아니 하하는 케이틀린을 돌아보며 애처로운 표정을 지었으나 해맑게 눈썹을 치켜 올리는 푸른 눈과 마주칠 뿐이었다.

"그럼 생각나면 얘기해주고. 주희는?"

"나?"

순간 안생요정과의 대화가 떠올랐다. 하필...

"난 미리미리."

"미리미리? 오~ 어울리는데? 그럼 우리 지금부터 마린, 케이틀린, 홍반장 아니 하하, 미리미리 이렇게 부르는 거야?"

"나는 나는~"

울상을 했지만 결국 홍반장은 더 마음에 드는 영어 별명을 찾지 못하고 그에게 너무나 어울리는 하하란 호칭으로 불리게 되었다.

"케이틀린은 열 살 때부터 공동체를 해온 공동체 전문가야. 우리 마을에도 도움이 많이 될 거야."

"공동체 전문가라고? 그런 전문가도 있어? 그리고 어떻게 열 살에……"

"대학에서 공동체와 영성과의 관계에 대해 공부했어요. 공동체 관련 컨설팅도 하고 있고요. 아, 처음에 공동체를 택한 건 제 의지는 아니었지만요."

이번엔 마린보다 케이틀린이 빨랐다.

"부모님이시군요."

내 말에 케이틀린이 고개를 끄덕였다.

"하지만 어린 제게도 분명하게 의사를 물으셨고 저도 좋다고 했어요."

"한국에 살다가 영국으로 가고 또 토트네스까지, 부모님이 평범한 분은 아니셨나 봐요."

"그렇게 볼 수도 있지만... 저는 오히려 다른 사람들이 특이한 거고 우리 부모님이 평범한 거라는 생각이 들어요. 요즘 사람들 경쟁도 너무 심하고 바쁘고 외롭고 하잖아요? 그렇게 사는 게 과연 괜찮은 삶일까."

"그러네요. 저도 처음에는 여기 사람들이 참 특이하다고 생각했는데 점점 이렇게 사는 게 본래대로 인간답게 사는 거란 생각이 들어요."

"후후. 이해가 되네요. 그런데 토트네스에서는 다른 사람에 대해 판단하지 않아요. 우리는 이렇고 너희는 저렇고 하면서 나누는 순간 또 다른 단절이 생기는 것 같아요. 그냥 우리는 이렇게 살고 있어요, 하고 보여주고 다른 사람들로 하여금 자연스럽게 나도 저 사람들처럼 살고 싶다, 생각이 들게 하면 좋은 거고..."

"우리도 그런 게 목표인데, 아직은 시행착오 중인가 봐요."

"그런 게 당연하죠. 토트네스도 오랜 시간과 많은 시행착오 끝에 지금처럼 자연주의 마을로 알려지게 된 거예요. 정말 암울하고 희망을 찾기 어려운 시절이 있었다고 해요. 그때 자신의 삶을 기꺼이 교재로 내놓은 선배들이 있었고요."

"마을에 대해 자부심 같은 게 느껴져요."

"저는 그곳에서 정말 좋은 교육을 받았고 그것이 지금의 제 삶을 이끌어가고 있답니다."

"어머, 어떤 교육이에요?"

"살아가는 방법을 알려주는 교육이에요. 요즘은 대학까지 졸업해도 뭐 하나 할 줄 모르는 사람들이 많은데 우리는 그렇지 않아요.

예를 들어 땅을 일궈 씨를 뿌리고 잘 자랄 수 있도록 돌보고 직접 수확도 해서 요리를 하고 남은 찌꺼기는 퇴비로 만들어 다시 땅으로 돌려보내는 걸 체험해요. 그러면서 우리에게 필요한 모든 것은 자연에서 왔으며 다시 자연으로 돌려보내야 한다는 단순하지만 중요한 원리를 배우게 되는 거죠. 다른 분야도 마찬가지고요.

원시시대처럼 의식주 모든 것을 직접 다 만들며 살아야 한다는 건 아니지만 적어도 그것들이 거저 얻어지는 게 아니란 걸 알게 돼요. 아이들은 혼자서는 살아갈 수 없는 세상임을 알고 서로 감사하게 되지요. 그 아이들이 커서 다시 좋은 주민이자 선생이 되고 자연스럽게 공동체가 건강하게 유지되는 것이에요."

"와, 믿을 수 없을 정도로 이상적인 얘기네요. 계속 그렇게 유지가 된다니요."

"이상이 아니라 현재진행형이랍니다. 저만 해도 대학은 런던으로 갔지만, 다시 돌아와 마을주민으로 살면서 공부도 하고 교육에도 참여하고 있으니까요."

"자연만이 아니라 사람도 선순환이네요."

"진정한 의미의 생태마을이라면 모든 것이 자연스럽게 순환되어야 겠죠."

"숨 쉬는 마을에도 딱 맞는 말이네요. 마린이 이런 매력에 푹 빠져 비자 기간 꽉꽉 채워 있었군요. 왠지 얄밉."

"잘 배워서 우리 마을에 적용하려고 했지."

"마을은 이론이 아니라 현실이잖아. 막상 현실을 생각하면 한숨이 나오는데? 기껏 엄친아 얘기 듣고 집에 온 기분이랄까."

"우리에겐 케이틀린이 있잖아. 손대면 꺼진 불도 살아난다는, 아니 꺼진 공동체도 살아난다는 마법의 손의 소유자! 마을 여자, 마녀라고도 하지."

"뭐야? 그럼 나도 마녀네."

"마린! 한때 여신이라 불리기도 했는데 기억 안 나요?"

"아, 그러고 보니 축제에서 여신 역할 전담이었지?"

"네네, 마녀 여신, 알겠습니다~"

내 마음은 어느새 여신 같은 웃음의 마녀 느낌 케이틀린을 두 팔 벌려 맞이하고 있었다.

지금 숨 쉬는 마을에선

"그런데 마린, 토트네스까지는 어떻게 가게 된 거야?"

"너도 알다시피 내가 세계생태마을네트워크 축제에 참석하러 갔잖아."

"하하하. 홍반장 한번 발음 해봐요. 세계생태마을네트워크."

"세계생태마을네트워크. 어때? 내가 그래도 국제적으론 통하는 발음이라고."

"그럼... 숨 쉬는 마을~ 이건?"

"미리미리~"

케이틀린이 가만히 불렀다.

"어머, 손님 앞에서 실례했네요. 이상하게 시옷발음만 나오면 홍반장을 놀리고 싶어져서."

"하하라면서요. 홍반장 아니고."

"미리미리 한방 먹었네?"

준호 아닌 마린이 매를 벌었다.

"아무튼 그래서 핀드혼 마을로 갔잖아. 스코틀랜드지? 토트네스는 한참 남쪽이고."

"거기 핀드혼에서 케이틀린을 만나 토트네스 얘기를 들은 거야. 듣다 보니 우리 마을이랑 많이 비슷하더라고."

"그건 그랬겠어."

"사실 내가 가기 전에도 마을에 문제들이 좀 있었잖아. 고민하다가 뭔가 전기를 마련해 보려고 거기까지 갔던 거고."

"소장님께서 어련하시겠어요."

마린이 대답을 하려는 찰라, 하하가 호들갑을 떨었다.

"자자~ 여기가 숨 쉬는 마을이에요. 간판이 바래서 잘 안 보이죠?"

간판 좀 손봐야겠다고 생각하며 마을로 들어서는데 마린이 원근감 있게 두리번거렸다.

"왜? 뭐 찾아?"

"응? 아냐."

"혹시~~"

"뭐, 뭐?"

"'경축. 숨 쉬는 마을 생태공동체 연구소장 이준호씨 귀향' 이런 플래카드 기대한 건 아니지?"

"어휴."

"왜 그럴 수도 있지. 앞마을 어느 댁은 아들이 공무원 시험 합격했다고 플래카드 걸었던데. 하하."

"얼마나 기쁘면 그러겠어. 3년이나 뒷바라지 하셨다는데."

마을 사정에 밝은 하하가 덧붙였다.

"3년이면 양호한 거 아냐?"

"정말 큰일이군. 좋은 일자리가 없다 보니 다들 공무원 시험에만 매달려서."

마린이 새삼 연구소장님 같은 걱정을 입에 올렸다. 난 가만있을 수 없어 말을 이었다.

"좋은 일자리라... 들어가면 뭘 해. 오래 못 버티고 나오는 걸. 우리 마을만 해도 다 좋은 직장 그만두고 온 사람들이잖아. 이유는 제각기 다르지만."

"내가 하는 일이 너무나 좋아서 행복한 사람은 없을까?"

"나에게 맞는 일자리를 만들면 될 텐데요?"

케이틀린의 해맑은 질문이었다.

"그게 쉬운 일은 아니더라고요."

"토트네스에서 저는 레스토랑을 했는데, 쓰레기를 배출하지 않는 것이 컨셉이었어요. 포장 같은 거 없이 원재료를 구비해 두고 손님들이 바구니에 필요한 걸 담아 먹을 만큼만 요리해서 먹도록 하는 거예요. 남는 것은 온전히 자연으로 돌려보낼 수 있도록 했고요. 원재료도 모두 로컬에서 나는 유기농 재료였죠."

"듣기만 해도 좋네요. 그런데 그러려면 마을 규모가 어느 정도는 되어야 할 텐데 아직 우리 마을은 그 정도는 아니어서요."

내가 한숨을 쉬며 말하니 케이틀린이 고개를 끄덕였다.

"맞아요. 지속가능하려면 외부에 의존하지 않고 자급자족이 되어야 하는데 그러려면 마을경제가 어느 이상은 되어야 돌아가죠."

"하루아침에 되는 일은 아니겠지요?"

"우리도 많은 사람들이 오랫동안 시행착오 해가면서 일구어온 결과

랍니다. 지금은 지역화폐까지 유통하면서 완벽한 자립을 이루었어요. 신발을 만들든 아이스크림을 만들든 요가를 가르치든 하고 싶은 일을 하고 싶은 만큼 하면서 먹고살 수 있는 거죠."

"정말 어디 가서 시간과 노동력 저당 잡혀 돈 벌지 않아도 우리끼리 오순도순 자급자족할 수 있으면 좋겠어요. 꼭 필요한 시간만 일하고 하고 싶은 거 다 하면서."

"숨 쉬는 마을은 같은 생각을 가진 사람들이 모인 공동체니까 훨씬 잘 할 수 있을 거라고 생각해요."

"그랬는데요......"

"그러니까 그 사람들이 다 어디 갔느냐고?"

두리번거리던 마린이 드디어 일갈했다.

"플래카드는 기대도 안 했지만, 마을에 들어왔는데 개미 한 마리 안 보이잖아. 이게 어떻게 된 일이야?"

공동체 엄마

"사람들 어디 갔냐고? 중동은 아니지만, 일하러 갔어."

"어디로?"

인적이 드문 마을길을 지나 다들 '나의' 숨 쉬는 카페에 둘러앉은 참이었다. 생태공동체 연구소 간판은 유명무실해진 지 오래였다. 난 얼음 동동 효소차를 한잔씩 내고 서둘러 앉아 말을 이었다.

"멀지 않은 곳에 모종의 업체가 들어온 거야. 어쩐지 사업내용도 우리랑 맞고 공무원에 준하는 근무시간에 임금도 높은 편이었어."

"정말 유혹적이었겠어요."

케이틀린이 맑은 효소차를 마시며 말했다.

"이해해 주시네요."

"저라도 당연히 용돈 벌고 싶어질 거 같은데요."

"문제는 일은 힘들지 않은데 아침에 갔다 저녁에 오는 공무원 근무조
건이라는 거예요."

"당장 마을 생활이 달라질 게 뻔한데……"

준호가 미간을 좁혔다. 난 아랑곳하지 않고 계속 설명을 이어갔다.

"젊은 사람들 몇 명이 빠져 버리니 당장 낙생이 문제였지."

"다들 처음에는 어떻게든 마을 일에 지장이 가지 않을 정도로만 하려
고 했지만 직장일이 어디 내 맘대로 되나요. 결국 모든 것에 우선하게
되죠."

"그렇군요. 그러면 미리 정했던 식사 당번 일정이 허물어질 수밖에
없었겠어요."

"맞아요. 서로서로 일정을 바꾸고 때우고 정 안 되는 경우엔 그냥 비

워두기도 했죠. 그 빈자리는 누군가가 메우게 된 거고요."

"그게 누구죠?"

"'엄마'예요."

"엄마라니? 누구 어머니 오셨어?"

체머리를 흔드는 마린과 달리 케이틀린은 눈을 반짝이며 나를 보았다.

"공동체 전문가이시니 감이 오시나 봐요."

"짐작이 가네요. 어느 공동체에나 있는 분이지요."

"알아듣게 말을 좀 해봐. 그게 누구야?"

마른 입술을 다시는 마린을 보며 케이틀린이 말했다.

"공동체의 함정이죠. 기다리면 누군가는 한다는 거."

"맞아요."

나는 맞장구를 치며 차가운 효소를 머금었다.

"내가 안 해도 누군가는 하는 거예요."

"대체 그게 누구냐고?"

"구성원 중에는 엄마가 있단 말이에요."

"아이가 있는 여자분?"

"아직도 눈치 없는 하하하하하~"

"꼭 그렇지 않아도, 엄마 역할을 누군가 하는 거죠. 어느 조직이나 그런 사람이 있어요. 책임감이 남다르거나 취미가 맞거나 해서 주방 일을 많이 하게 돼요. 먼저 나와 준비를 돕고 뒷정리도 하고 누군가가 못하면 대신 하기도 하고요, 김장같이 여럿이 해야 하는 일에도 솔선수범하죠."

"그런 분이 있어야 일이 잘 돌아가지 않나요? 정말 고맙고 꼭 필요한 존재이죠."

"사람이 이기적인 게, 누군가 일을 더 많이 하고 귀찮은 일을 처리해 주면 처음에는 참 고마워하지만 나중에는 당연하게 생각하게 돼요. 오 히려 안 해주면 서운해 하고 화를 내기도 하죠."

"화를 내기까지…"

아무것도 모르는 마린이 혼잣말을 했다. 영국까지 다녀오면 뭐 해. 인간에 대한 이해력이 부족한 걸…… 이러니 인류는 여성이 구원하리 라~

"케이틀린 말이 맞아요. 그런 일이 실제로 일어났어요. 그동안 당번 이 없는 날도 엄마는 밥이 떨어지지 않게 밥을 했어요. 누구든 와서 먹 을 수 있도록. 그런데 어쩌다 자리를 비우거나 몸이 안 좋아서 거르는 수도 있잖아요? 그럴 때 당연히 밥이 있을 줄 알고 밥통을 열어보면 화 가 나는 거죠."

"아니 대체 누구한테 화를 낸단 말이야."

"그러니까요~~ 호의가 당연이 되어 버리고 의무가 되어버린 거죠."

"대부분의 공동체에서 일어나는 일이에요. 엄마 역할을 하는 사람이 자연스럽게 생기고 그 사람을 중심으로 일이 돌아가는데, 알고 보면 그 사람은 스트레스가 많은 거예요. 누구의 책임도 아닌데 자기 책임으로 느끼고 남들도 그렇게 생각하는 거죠. 자발적으로 했던 일이 점점 즐겁지 않아지고..."

"아무리 엄마라도 식구들이 당연하게 밥 내놔라 하면 힘들고 짜증날 거예요. 아, 엄마라고 표현한 건 성 고정 역할이 아니라 전통적인 엄마 이미지를 언급한 거니까 이해해 주세요."

"그럼요. 그래서 그 사람은 공동체에서 나가기도 합니다. "

"지금 거의 그렇게 됐어요."

"무슨 말인지 알겠습니다."

하하는 이제야 이해를 한 듯, 그리고 누군가를 떠올린 듯 고개를 끄덕였다.

"여기엔 참 많은 일들이 관여되어 있는데요."

마을 회의는 마치 러시안 룰렛 같다

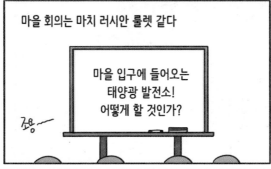

긴 침묵을 깨고 누군가
말을 꺼내는 (방아쇠를 당기는) 순간..

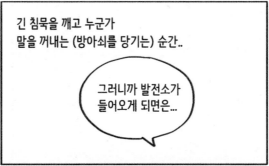

인간은 원래,......?

"밥 먹는 일에 그렇게 많은 일들이 관련되어 있다니."

홍반장이었던 하하가 고개를 갸우뚱했다.

"아무래도 밥이 공동체의 중심에 있으니까 그렇겠죠."

"간단하게 말하자면 아까 말한 휴일의 밥 문제 같은 거예요. 참 이상한 일이긴 한데 막상 그 상황에서는 그렇게 되더라니까요."

"외부에서 보는 거랑 내부에서 겪는 것은 완전 다르죠."

오오, 공감력 200%! 케이틀린 아니었으면 대화가 안 될 뻔했음.

"짐작이 가긴 하는군. 그런데 당번을 안 하게 된 사람들은 어떻게 하기로 한 거야?"

"안 하는 만큼 돈을 조금 내기로 했는데, 약속을 안 지켜도 어떻게 할 수 없다는 게 문제지. 그런 일로 경찰출동 할 수는 없잖아."

"사람들이 어떻게 그러지?"

"돈 빌릴 때 마음 다르고 갚을 때 마음 다르다고 하잖아. 어차피 낼 돈이라도 막상 내려고 하면 아까워진다고."

"충격! 우리 마을에 그런 일이 있다니."

"마린! 공동체 공부 헛했네, 헛했어. 아님 인간 세상에 적응이 덜 된 건가. 마을에 내는 최소한의 생활비도 차일피일 하면서 몇 달씩 밀린 사람도 있던데. 영국이 아니라 어디 별나라 갔다 왔나 봐."

"상황이 너무 어렵다면 기다려줄 수도 있는 거 아냐?"

"어려운 사람이라기보다는 게으른 사람 같던데."

"마을 차원에서 주의를 줘도 어쩔 수 없는 거죠?"

"잔소리를 하면 자기는 공동생활에서 빠지겠다고 하는 거예요. 밥도 자기 집에서 따로 먹고 모든 당번에서 빠지겠다고 하는 거죠."

"게으른 사람이 아니라 뻔뻔한 사람이네요."

"좀 그렇죠? 그런데 공동체마을이라고 꼭 낙생에 나와서만 식사를 해야 하는 건 아니죠. 각자 집에서 먹을 수도 있는데요. 그래도 기본적인 당번은 하면서 그렇게 했거든요. 그런데 이젠 자기 집에서 계속 혼자 먹는 사람이 늘어났어요. 낮에는 직장 나가고 낙생도 안 나오고 하니 얼굴 볼 일이 없어졌죠."

"자율이라는 이름의 방종이로군요."

"잠깐! 얘기가 길어지니 어떻게 끊을 수가 없네. 그러니까 고작 돈 몇 푼 때문에 이런 일들이 생겼다는 거야?"

마린은 어느새 벌떡 일어나 있었다.

"돈 때문만은 아니고 내재되어 있던 인간의 본능이 나오는 거죠. 원래 당번이 귀찮은 일이긴 하잖아요. 낙생이니 화장실이니 마을의 일을 나눠하는 것 말이에요."

"그래도 그만큼 다른 즐거움과 이익이 있기 때문에 공동체에 온 거 아냐? 대체 누구야?"

흥분한 듯한 마린을 보고 케이틀린이 나섰다.

"사람은 누구나 생래적으로 편안함을 추구하게 되어 있어요. 불편함을 감내하고 가치를 추구하려고 해도 틈만 나면 편안하게 살고 싶어지는 거죠."

"맞아요. 집안에 있는 수세식 화장실을 사용하는 사람도 꽤 있다니까요."

"그럴 거면 다시 도시로 가라고 해."

"마린! 그게 우리의 현실이야. 마을은 베드타운이나 다름없게 됐어. 아까 봤다시피 낮 시간에 사람 구경하기 어렵다니까. 어느 날 낙생에서 점심을 먹는데 60세 이상인 분들이 대부분이더라고."

"요양원 차리면 되겠네. 그렇게 다들 일 하러 간 거야?"

"그건 아니고 몇 사람이 빠지니 다들 마음이 싱숭생숭해서 마을에 안

붙어 있게 된 거지."

"하루 시간을 균형 있게 4-4-4로 쓰자던 마을 규약은 어디 간 거야. 어휴. 아무튼 심히 걱정되는 바입니다."

"얘기를 하자니 무슨 다큐 같네. '그것이 알고 싶다, 마을의 붕괴' 이런 제목의?"

"제목 같은 거 짓지 마~"

하하가 나를 보고 울상을 했다.

"결국 이렇게 되나요. 파국인가요. 반전 없나요?"

케이틀린이 머리를 흔들었다.

혼밥과 혼화장실

"저는 우리 마을이 너무 많은 것을 공유해온 건 아닌가 하는 생각도 해봤어요."

"그게 무슨 말이야?"

"모든 걸 다 아는 너무나 친한 공동체잖아. 아침부터 밤까지 명상부터 시작해서 삼시세끼를 같이 먹고 같이 공부하고 일하고…… 나 처음 왔을 때 서로의 집에 숟가락 몇 개 있는 것까지 안다며 자랑했지."

"그랬지. 그게 숨 쉬는 마을이야."

"내 생각은 조금 달라."

난 케이틀린 쪽을 보며 말을 이어갔다.

"일반화하지 않고 제 얘기만 할게요. 저는 시간이나 공간의 사용에 있어 개인적인 부분을 좀 확보해야 마음이 편해요."

"개인적인 부분? 먹는 거 말이야?"

"하하! 정말 누구 눈에는 누구만 보인다더니~
그래요, 밥도 함께 먹는 게 즐겁죠. 그런데 항상 같이 먹으니 어딘가 모르게 충족이 안 되는 부분이 있더란 말이에요."

"제일 떠들면서 잘 먹은 사람이 누군데."

"헉. 맞아요, 즐거운데요... 막 큰 소리로 웃고 떠들며 먹고 나면 무얼 먹었는지도 잘 모르겠고 어쩐지 허탈해요. 어쩌다 한 번도 아니고 매일이니까요."

"그럴 수도 있겠어요. 그래도 숨 쉬는 마을은 명상 시간이 있잖아요? 오롯이 혼자인 시간..."

"마을을 지탱해주는 힘이죠. 그 시간이 없었다면 정말 마을이 여기까지 오지도 못했을 거예요."

"그런데도 부족한 부분이 있는 거군요."

"명상은 눈을 감고 안으로 들어가는 것이지요. 그런데 우린 눈 뜨고 있을 때도 좀 혼자 있고 싶거든요. 집에서 라면이라도 끓여 혼밥을 하고 나면 왠지 충만한 느낌이 든다고요."

"라면이요?"

"어머니라고 자장면을 싫어하고 생태공동체라고 해서 라면을 모를 소냐, 이런 시도 있잖아요."

"오~ 그런 시가 있나요?"

"가난하다고 해서 사랑을 모르겠는가... 그거잖아. 어휴."

"됐고. 중요한 건 사람은 누구나 방콕시간이 필요하다는 거예요."

"그래서 다들 방콕하느라 안 보이는 건 아니겠지."

"그럴 지도~"

"그럼 너도 이따금 혼밥을 하도록 해."

"그런 얘기가 아니잖아~
공동체에서는 별게 다 문젯거리더라고요. 화장실만 해도 그래요. 이를테면 누가 청소를 하는가, 언제 하는가, 누구는 지저분하게 하는가 등등 정말 말도 많아요."

"굳이 화장실을... 케이틀린이 들으면 우리 마을 화장실 더러운 줄 알겠다."

"깨끗하게 유지하려고 이러는 거죠. 아무튼 속 편한 건 그냥 혼자 하는 거예요."

"후후. 마을 공용공간을 청소하는 일에서 자주 그런 일이 발생하죠. 어떤 사람은 자기가 너무 많이 하고 있다고 생각하고 다른 사람들을 원망하고, 어떤 사람은 상대방이 너무 '깔끔떤다'고 싫어하기도 하니까요."

"그렇죠? 세계 어디나 사람 사는 데는 다 똑같은 것 같아요."

"어쩐지 결혼생활에서 성격차이라며 헤어질 때 상황이랑 비슷한 거 같은데?"

하하가 뜬금없이 결혼생활의 예를 들었다.

"잉? 하하의 과거가 의심스러운데?"

"차라리 돌싱이면 좋겠다. 전처라도 있잖아."

나의 사랑스럽고 징글징글한 이웃

"공동체라는 게 넓은 의미에서 결혼이랑 비슷하죠. 서로 다른 사람끼리 같이 살게 되는 거니까요. 부부가 상대방에게 맞추듯이 공동체 구성원들도 서로 맞추려고 노력을 해야 되죠."

"그렇겠군요. 전 아직 모쏠이라."

"하하도 참, 그게 무슨 자랑이라고."

"하여튼 이혼이란 게 엄청 대단한 이유로만 하는 건 아니더라고요. 사소한 일들이 쌓이고 쌓여서 그런 거죠."

"그으래요?"

"예를 들어 머리 긴 여자가 있으면 집안에 머리카락이 많이 떨어지겠죠? 그게 눈에 거슬리기 시작하면 머리카락만 봐도 너무 싫은 거예요.

아무리 예쁜 머리를 하고 와도 머리카락 떨어질 것부터 생각나는 거
죠."

"그럴까요?"

"하나가 걸리기 시작하면 나중에는 그 사람이 무얼 해도 싫어요. 밥
을 먹어도 쩝쩝거리는 소리만 들리고 밥맛이 떨어져요. 그러다가 발꿈
치 소리만 들어도 속에서 열불이 올라오면 갈 데까지 간 거죠."

"정말 실감나네요. 케이틀린, 결혼도 안 하신 분이 어떻게 이렇게 잘
알아요?"

"공동체가 어떤 의미에선 결혼보다 더할 수 있죠. 결혼은 한 사람하
고만 잘하면 되지만 공동체는 자신이 속한 사회 전체를 대상으로 하는
거니까요."

"그렇군요."

"좋을 때는 세상에 이런 천국이 없지만 반대가 되면 세상에 이런 지
옥이 없다니까요. 그 사람이 나가거나 내가 나가거나 하기 전에는 해결
이 되지 않지요."

"어떻게 조정해서 잘 지낼 수는 없나요?"

"글쎄요... 그러기 위해 저 같은 사람이 컨설팅을 하는데 쉬운 일은 아니에요."

"그런데요. 만일 머리카락을 여기저기 흘리고 다니며 밥도 쩝쩝거리고 먹고 발소리도 쿵쿵 내는 사람이 있다면 정말 싫을 것 같은데요."

"그래요?"

"게다가 그 사람이 공용공간을 더럽게 사용하고 쓰레기를 아무 데나 버린다면 더욱 정나미 떨어지겠지요."

"그렇겠어요."

"심지어 혼자 세상 깨끗한 척 호들갑이고 조그만 일이라도 자기 마음에 안 들면 전체 대화방에 올려서 사람들을 불편하게 한다면?"

"너무 힘들겠네요. 그런데 왜 그렇게 붉으락푸르락하시죠? 정말 주위에 그런 사람이 있기라도 한 것처럼?"

"그럴 리가요. 근데 어디나 그런 사람 있지 않나요?"

"그러니까 숨 쉬는 마을에도……"

"이런 얘기까진 안 하려고 했는데……"

"설마 인정?"

"세상에 홀로 남겨진 것처럼 외롭던 때를 생각하면... 상처투성이로 숨 쉬는 마을에 처음 왔을 때 말이에요. 그때를 생각하면 참 배부른 얘기지만 항상 많은 사람들과 함께 한다는 게 조금 지치기도 해요."

"언제 제일 그런 생각이 드나요?"

"예를 들면……"

나는 하하를 보고 말했다.

"어제 옆집 찰스 떼쓰는 거 봤죠. 덩치도 산만한 남자가 별것도 아닌 일로 삐져서는 분위기 다 망치고..."

"아~ 아침 먹을 때 자기 안 불렀다고? 나도 참 황당해서."

"네에에?"

하하의 대답에 케이틀린이 황당해 했다.

"찰스라고 살짝 과체중인 분이 있는데 평소 아침을 잘 안 먹어요. 어제 아침은 생일파티가 있어서 케익도 준비하고 과일도 먹고 낙생에서 즐거운 시간 보냈는데 나중에 알고는 그만, 으......"

"단톡방에 계속 삐짐, 삐짐 이모티콘 올리고 점심, 저녁 다 방콕해서 걱정시키고~~~"

"초딩도 아니고 대체 뭐냐고요. 말하다보니 더 열 받아~~"

"자자, 열 좀 식히시고~~"

케이틀린은 손부채질을 했다.

"정말 한두 번도 아니고 짜증나서 못 참겠어요. 아이고, 징글징글해 ~~ 이런 이웃, 어떻게 잘 지내야 하나요?"

"그 사람 이름이 찰스라고 했죠?"

"본명은 철수인데 찰스라고 불러요. 근데 찰스만 문제도 아니에요. 참 이해 안 되는 사람도 많은데 그냥 다른 데서 만났으면 모르고 지냈을 일들이에요. 여기선 24시간이 노출되어 있다 보니 정말 고운 정만큼이나 징글징글한 정도 들게 되지요. 하하."

"이제 거의 해탈하신 거 같은데요."

"두 사람 다 몇 달 사이에 왜 이렇게 불만족장이가 된 거야."

"마린! 모르면 말을 말아."

"근데 왜 일어나? 어디 가려고?"

"아, 지금 마을 톡방에 빵 파티 한다고 올라왔잖아."

"어디서요?"

"찰스네 집이요. 케이틀린도 어서 와요."

"그 찰스가 빵도 굽나요?"

"굽긴요. 빵집에서 사왔겠죠."

"유기농 빵집이겠죠?"

"아닐걸요. 파리바카테라고 시골에 흔한 프렌차이즈예요."

"맙소사."

"지금 가야 되거든요. 늦게 가면 없어요~"

"잠시만요. 우리 얘기 마무리는."

"일단 가요. 휘릭~"

생태와 공동체 사이

"왜 이렇게 우울해 보여요?"

"생태요정님!"

"고민 있으면 말해 봐요."

"다 아시면서……"

"이렇게 된 이유가 뭐라고 생각하세요?"

"사실 마린이 떠나 있었던 것도 큰 요인이었던 것 같아요."

"그래서 그렇게 신경질적으로 마중 나갔던 거군요."

"반갑기도 하고 화도 나고 그랬어요."

"영향이 없진 않았죠. 하지만 어느 한 사람에 의해 좌지우지되는 거라면 문제가 있는 거죠? 마을도 좀 튼튼하게 생명력을 길러야 해요."

"맞아요. 모든 게 '내 탓'이죠. 누굴 원망하겠어요. 사실 제가 우울한 건...... 그걸 알기 때문이에요. 저부터가 싱숭생숭 들썩거리고 있었거든요. 괜히 서울 본가에도 다녀오고. 지속가능한 생태, 그리고 공동체란 애당초 현대사회에서 불가능한 게 아닌가 하고 있었어요."

"숨 쉬는 마을이 생길 때부터 생태에 공동체라는 부분이 결합되어 어떻게 될지 궁금했는데요. 우리의 예상대로 역시 쉽지는 않군요."

"안생 그분은 어디 가셨나요?"

"제가 들어가면 나오겠죠. 우리는 공존할 수 없는 공동체인가 봐요."

"공동체요. 말은 쉽지 실제로 공존하기가 쉽지 않더라고요."

"왜요? 즐거움은 나누면 배가 되고 슬픔은 나누면 반으로 줄어든다고 하잖아요. 혼자보단 여럿이 낫죠."

"맞아요. 이웃의 기쁨은 나의 기쁨으로 함께 모여 축하를 했죠. 그런데 사람이 살다 보면 슬픔까지는 아니더라도 힘들거나 고통스러운 일이 생기잖아요. 하다못해 쓰레기를 버린다든가 김장철이 되어 배추를 뽑는다든가 하는 일이라도 말이에요."

"그럴 때는 당연히 함께 하면 덜 힘들겠죠?"

"하하. 기쁨은 나누면 배가 되고 슬픔은 나누면 반이 된다는 게 정말 맞는 말이더라고요."

"그렇죠?"

"제 말에서 반어법 같은 뉘앙스 눈치 못 채셨어요?"

"살짝 채긴 했는데 정확히..."

"정확히 인원수가 그렇더라고요. 참석률이랄까요?"

"오! 좋은 일엔 사람이 많지만 귀찮거나 힘든 일에는 훅 줄어든다는 말이군요."

"빙고! 공동체에서 제일 부딪히는 건 개인의 욕구와 집단의 필요 사이의 갈등이더라고요."

"미리미리가 공동체 전문가 같네요."

"짧은 기간이지만 남부럽지 않게 겪었답니다."

"어떤 일들이 있었나요?"

"예를 들어, 내가 오늘 할 일이 있는데 마을 전체의 일이 또 있단 말이에요. 그럼 어느 걸 우선으로 할 건가를 결정해야 하는 거예요."

"공동체라면 당연한 거 아니에요? 내 일보다는 단체의 일이죠."

"생태요정님도 참. 그렇다면 이렇게 얘깃거리도 안 되겠지요."

"좀 이해가 안 되네요. 공동체에 들어올 때는 어떤 곳인지 알고 함께하려고 오는 거 아닌가요?"

"사람은 변하니까요. 유혹이 시시각각 끊이지 않고 오거든요."

"하긴 인류의 역사도 그렇게 해서 지금 물질주의와 개인주의의 정점에 와있군요."

"그렇게 되나요. 처음엔 저도 몰랐어요. 그냥 좋아서, 묻지도 따지지
도 않고 마을 생활을 시작했는데 갈수록 이런저런 것들이 눈에 들어오
더라고요. 특히 우리가 먹는 거 정말 좋아하는데요."

"먹는 거 싫어하는 사람도 있나요? 저도 좋아해요."

"네? 요정도 먹는군요. 평소엔 이렇게 적막하다가도 맛있는 거 먹거
나 노는 일이 있을 땐 정말 어디서들 나타나 자리를 붐비게 빛내 주시는
데요. 그러다 다함께 일이라도 할라치면 갑자기 그렇게들 볼일이 많으
시고……"

"음... 찔리네요"

"왜요? 무슨 찔릴 일이 있어요?"

"그냥 감정이입이 돼서요. 조금 전 찰스네 가서 신나게 빵 파티 하던
게 생각나서."

"어휴. 왜 제가 할 생각을 대신 하세요."

"얘기를 들으면 이런 사람 저런 사람 마음이 전달이 돼서 제가 좀 이랬다 저랬다 합니다."

"주관을 좀 가져 보세요."

"그건 불가능해요. 저는 자연에서 나온 존재거든요. 자연은 의사가 없어요, 반응할 뿐."

"그래요? 저는 자연이 오히려 의사를 가지고 여러 현상들을 보인다고 생각했는데요. 지진 나고 하는 것은 누구의 의사인지……"

"일견 그렇게 보일 수도 있으나 영향을 받아 나타나는 현상이에요. 주로 인간들의 영향이죠. 맑았다가 흐렸다가 비를 내렸다가 하는 것이 다 반응이라고요."

"하지만 태풍이나 지진 같은 자연재해 때문에 인간은 오히려 피해를 입고 있잖아요?"

"오죽하면 그러겠어요…"

"반응 좀 안 하면 안 되나요? 너무 예민하신 거 아닌지."

"아이고. 진담이세요?"

"제가 또 실수했네요. 필터 장착 완료! 무슨 의미인지 알아요."

"참다 참다 폭발하니 좀 무서울 때도 있어요."

"우리가 뭘 그렇게 잘못했다고. 잠깐만요. 잠깐만요~~ 이봐요. 생태요정님?"

"이거 참 잠시를 못 비우겠네요."

"안생요정님. 또 나오셨군요."

"좀 빠지려고 하는데 저를 이렇게 죽돌이를 만드시네요."

"제가 뭘 했다고요."

"미리미리 생각 좀 하고 말을 할 수 없는 건가요?"

"죄송해요. 태어나면서 그런 부분을 빠뜨리고 나온 거 같아요."

"그 중요한 것을~"

"대신 중요한 거 하나는 놓치지 않았죠."

"그게 뭐죠?"

"미, 모......?"

"참 대단한 재능이에요. 참을성 많은 나도 순식간에 폭발하게 만드니. 자연을 이렇게 시험에 들게 하면 아니 되옵니다. 낭자~"

"어차피 우리 다 같이 지구에 사는 공동체인데 그렇게까지 하실 거 있나요. 조금만 더 참으실 수 없나요."

"그렇게 해서 지금까지 버텨온 거라니까요. 이제 임계점이 넘어 여기저기 펑펑 드러나는 거고요."

"짐작은 했지만 어쩐대요. 그럼."

"지금의 공동체 하나라도 잘 운영해 보세요."

"그 어려운 걸 주문하시다니..."

"그리고 점점 공동체의 범위를 넓혀 보시구요. 사람에서 자연, 그리고 더 무한히...... 미리미리 말대로, 넓게 보면 우리 모두 공동체 가족이랍니다."

마음으로 짓는 숨 쉬는 마을

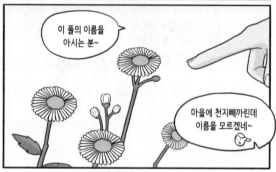

풀밭 마녀의 마법에 걸리다

어떻게 이런 일이 있을까?

라식 수술 한 것처럼 세상이 달라 보인다. 파란 하늘은 진짜 파랗고 초록 잎들은 진짜 진짜 초록이다. 이거 현실?

단 하루만에!

어제까지 그냥 벌레 많고 먼지 날리는 시골일 뿐이었던 마을이 완전히 달라졌다. 별 볼 일 없던 시골길이 백화점 쇼윈도처럼 현란하게 구미를 당긴다.

풀밭마녀! 대체 우리에게 무슨 짓을 한 거야!

케이틀린은 짐작대로 마녀가 맞았다. 그녀가 이끄는 대로 마을을 한 바퀴 돌았을 뿐인데 모두 마법에 걸려버렸다. 익숙한 것들이 특별해 보이고, 일상이 귀해 보이는 바람직한 마법?

그 마법의 제목은 이랬다.

〈잡초라도 충분한 풀학교〉
-사랑하면 알게 되고 알게 되면 보이나니 그때 보이는 풀은 전과 같지 아니하리라.

'풀학교'라는 처음 듣는 제목에 무슨 부흥회 같은 부제를 달고 마을 사람들을 모아 달라고 했을 때 솔직히 자신이 없었다. 요즘 분위기상 그렇게 큰 호응을 얻을 거라는 확신이 안 들었다. 김매는 울력인가?

그리고 풀+학교의 이상한 조합이라니~
하긴 숨 쉬는 걸 배우는 학교는 숨 쉬는 학교이니, 풀에 대해 배우는 학교는 풀학교 맞지. 그럼 약초를 공부하는 건가?

케이틀린은 마린과 함께 우리 마을에 온 후 별 일 없이 평온한 나날을 즐기는 듯했다. 처음 하루 이틀은 마을 구석구석을 탐방하더니 마을에서 풀학교를 열겠다며 학생 모집을 요구했다.

드디어 예정된 날이 되어 모인 사람은 나까지 해서 일곱 명이었다.
케이틀린, 마린, 하하, 웬일로 찰스, 평소 말 없던 샤이, 그리고 어떻게 알았는지 외부에서 온 허클이라는 처자였다. 알고 보니 케이틀린이 다른 사이트에 풀학교 안내를 한 것이었다.

저 애매한 문구를 보고 여기까지 찾아온 걸 보면 허클도 예사로운 인생은 아니다 싶었다. 또래들은 한창 직장 다니고 결혼하고 집 마련하는 데 신경 쓸 나이에 무얼 찾고 있는 걸까? 어쩐지 숨 쉬는 마을에 처음 왔을 때의 나와 비슷한 듯...... 어디서 본 듯하고 굉장히 친숙하다.

다행히 날씨라도 구름 한 조각 없이 쨍하니 맑았다.
우린 마을 정자 앞 은행나무 아래 모자와 작업복 차림으로 모였다. 풀을 캐야 할 것 같았기에.

뜻밖에도 케이틀린은 빨강머리 앤같이 양 갈래로 땋은 머리에 땡땡이 두건을 쓰고 원피스에 앞치마까지 두른 중세 분장을 하고 나타났다. 와, 저런 옷을 가지고 다니나봐, 속으로 생각했다.

"안녕하세요! 서쪽에서 온 풀밭 마녀입니다~~"

신비주의로 가기로 작정한 거냐. 웬 풀밭 마녀~ 또 속으로만 생각했다.

"풀학교라고 해서 뭘 배우나 하셨을 텐데요. 이제까지 없던 대단한 걸 배우는 건 아니에요. 하지만 또 대단치 않은 것도 아니죠."

그녀는 아주 유쾌해 보였다. 같이 한번 놀아 봅시다, 하는 유들유들한 여유가 보였다.

"여기 모인 분들은 그래도 시골이라는 환경에 비교적 익숙하신 분들일 텐데요. 먹을거리는 직접 재배해서 드시나요?"

사실 처음에는 그럴 예정이었는데, 요즘은 여의치가 않아서 마트에서 사다 먹는 것도 많다. 머뭇거리다가 '일부는요...'라고 조그맣게 말하는 순간, 그녀가 말을 이어갔다.

"오늘 저와 함께 풀에 대해 공부를 하고 나면 아마 앞으로 먹을거리 걱정은 안 하셔도 될 거예요."

"음. 그게 무슨 소리지. 풀 뜯어먹고 살라는 건가."

"오늘 제목이 '잡초라도 충분한 풀학교'인데요. 잡초가 뭘까요?"

"아무 데나 자라는 못 쓰는 풀 아닌가요?"

나의 말이 끝나기도 전에~

아무도 찾지 않는 바람 부는 언덕에
이름 모를 잡초야
한 송이 꽃이라면 향기라도 있을 텐데
이것저것 아무것도 없는 잡초라네

하하가 한곡 뽑아버린다. 부끄러움은 왜 나의 몫......

"하하 맞아요. 잡초는 보통 아무것도 아닌 풀, 쓸모없는 풀이라고 생
각하죠. 하지만 사전에는 '가꾸지 않아도 저절로 나서 자라는 여러 가지
풀'이라고 나와 있어요. 쓸모없다는 의미는 없지요?"

"그러네요. 그런데 잡초 하면 연관해서 떠오르는 게 잡초만 무성하
다는 둥, 잡초 같은 인생이라는 둥 이런 것들이거든요. 별로 긍정적인
건 아니죠?"

"그 시가 떠오르네요."

연탄재 함부로 차지 마라

너는
누구에게 한 번이라도 뜨거운 사람이었느냐
_안도현, '너에게 묻는다'에서

"그거랑 잡초랑......"

잡초 함부로 하지 마라
너는
누구에게 그만큼이라도 쓸모 있는 사람이었느냐

"잡초가 얼마나 다재다능하고 고마운 식물인지 한번 같이 알아볼게요. 그럼 바로 시작할까요?"

사랑하면 알게 되고 먹게 되니

"자, 풀을 찾아봅시다. 여기를 보시겠어요?"

풀밭마녀는 시작과 동시에 바닥에 풀썩 주저앉더니 거기 있는 풀을 가리켰다. 매일 보는 풀인데 자세히 보니 작지만 꽃도 있고 예뻤다.

"개망초라는 꽃인데 굉장히 흔하게 볼 수 있을 거예요. 소화도 잘 되고 풍미도 좋기 때문에 어린 순 중심으로 뜯어서 샐러드에 넣어도 좋고 차로 마시기도 해요."

"이게 먹는 거라고? 이럴 수가."

"이따가 개망초 나물도 만들고 샐러드를 해볼 거예요. 그럼 이건 아시죠?"

"고들빼기 아닌가요?"

웬일로 찰스가 알고 있다. 식탐이 많다보니 그동안 식물도 먹어온 건가? 설마.

"네. 왕고들빼기예요. "

"그러고 보니 여기 엄청 많네. 왜 이제야 처음 보는 것 같지. 고들빼기 김치는 들어봤는데."

"상추랑 닮았죠. 상추는 봄가을로 심어야 되지만 이 아이는 계속 채취할 수 있어요. 만성피로에 좋고 눈이 밝아지죠. 쌉싸름하니 맛이 좋아 나물로도 먹고 쌈으로도 먹을 수 있어요."

"이럴 수가! 눈이 밝아진다고? 집 앞에 이런 보약이 숨어 있었다니! 매일 한 사발씩 뜯어 먹으리라."

"깨끗이 씻어 말려서 덖으면 차로도 마시는데 고혈압 예방에도 좋고 노화도 방지해 준다고 하니 많이 드세요. 꺾으면 하얀 액이 나오는데 벌레 물린 데 바르면 좋고요. 고들빼기를 많이 먹으면 더위를 안 먹는다는 말도 있어요. 여긴 고들빼기 천지네요."

"그동안 헛살았네. 고들빼기만 먹었어도~~~"

"이건... 아시는 분?"

"글쎄요. 보긴 많이 봤는데."

서로 머리만 갸우뚱할 뿐이었다. 풀마다 이름표를 달아둘 수도 없고 어떻게 알지? 그런데 신기방기한지고~ 케이틀린은 언제 이렇게 우리 풀들을 다 익힌 걸까. 쌍둥이처럼 비슷하게 생긴 아이들을 척척 구분해 내는 놀라운 시력이라니~

"씀바귀라고 많이 들어보셨죠?"

"맞다! 씀바귀~"

찰스가 안타깝게 외쳤다. 뜻밖에 오늘의 모범생이었다. 일일이 사진 을 찍고 있는 것이 아무래도 나중에 간식으로 먹기 위함은 아닐지?

"겨울을 난 씀바귀는 명약 중의 명약이라고 하죠. 해독 작용이 있고 면역에도 좋아요. 쓴 맛이 강하니 물에 데쳐서 담가 두었다가 먹어야 하고요."

"이건 명아주인데 새콤달콤한 맛으로 음식에 넣으면 좋아요. 나물도 하고 말려서 빵이나 밥에 넣어서 먹기도 하고요. 살균, 해독 작용이 있고, 벌레에 물렸을 때도 찧어서 상처부위에 붙여 주시면 됩니다."

이건 질경이, 저건 달맞이꽃, 그건 찔레......

앉은 자리에서만 한 시간을 해도 부족할 지경이었다.

우린 오후 내내 풀밭 마녀 뒤를 따라 이리저리 우르르 다니며 살아있는 자연 교과서를 섭렵했다. 그녀가 손대는 것마다 요술봉으로 건드리는 것처럼 기지개를 켜고 일어나 친근하게 아는 척을 했다.

내가 그의 이름을 불러 주었을 때,
그는 나에게로 와서
꽃이 되었다. _김춘수 '꽃'에서

"이따 저녁은 풀코스 만찬으로 같이 준비할 텐데요. 지금부터 나눠드리는 레시피를 보고 해당되는 풀을 뜯어 오세요."

우린 각자 레시피 한 장씩을 들고 흩어져서, 냉장고를 털듯이 풀밭을 털었다. 우리 마을 길바닥이 이렇게 먹을 것의 보고였다니~ 이제 장에 가지 말고 바구니 하나 들고 나와 길거리 쇼핑 하면 될 것 같다.

어느새 해가 지고 풀 요리도 완성이 되었다. 저녁에는 낮에 참석하지 않은 사람들까지 합류했다. 생전 처음 보는 어여쁜 요리와 상차림에 다들 눈이 휘둥그레졌다.

꽃과 풀로 장식된 식탁은 그리스 신들의 향연이 이랬을까 싶을 정도로 싱그럽고 화려했다. 자연의 산물만 가지고도 이렇게 아름답게 꾸밀 수 있다는 게 놀라웠다.

심지어 풀코스 디너의 드레스 코드는 꽃의 요정! 우린 꽃으로 둥글게 화관을 만들어 쓰고 옷에도 꽃을 달고 서로 웃으며 음식을 먹고 춤을 추었다. 뜻밖에도 요정놀이는 몹시 즐거웠고 음식은 환상적이었다.

케이틀린이 가르쳐준 공동체 서클댄스는 누구나 5분도 안 돼 배울 정도로 쉬웠다. 처음에는 민망해 하던 사람들이 원시인들처럼 흥겹게 빙글빙글 춤을 추었다.

"가까운 풀들을 직접 보고 만지고 먹고 마시고 느껴보니까 어떠세요? 자연의 비밀이 멀리 있는 것이 아니죠? 여러분이 드시는 한약재나 바르는 화장품, 곡물이나 즐겨 마시는 차의 재료가 대부분 이런 풀이에요. 모르면 잡초지만 알면 보물이죠."

"이제 알겠네요. 사랑하면 알게 되고 알게 되면 보이나니 그때 보이는 풀은 전과 같지 아니하리라. 아-멘."

하하가 운율을 맞춰 읽자 웃음이 터져 나왔다.

"하하. 여기도 광신자 나왔네. 케이틀린이 세계 곳곳에 신자들이 많더라니까."

"마린도 참. 그저 가려져 있던 장막을 살짝 젖히는 법을 알려드린 것 뿐이에요. 오래 전부터 원래 거기 있었는데 서로 몰라보던 거였죠."

"사랑하면 알게 되고 알게 되면 먹게 되니 그때 먹는 풀은 전과 같지 아니하더라~"

찰스의 아재 개그는 우리 모두를 서둘러 해산하게 했다.

그날 이후 정말 많은 것이 달라졌다.

쓸모없는 것의 대명사로 쓰이는 잡초! 아무도 찾지 않고 이것저것 아무것도 없던 잡초가 그렇게나 귀한 존재였다.

작고 흔한 풀도 이름이 있고 향기가 있고 꽃을 피워낸다. 보는 눈이 없어서 못 알아봤을 뿐 그들의 세계도 무궁무진한 것이다.

저 흔한 들풀도 하나하나 쓸모가 있는데 이렇게 숨 쉬는 마을에서 함께 살고 있는 도반들은 얼마나 귀한 인연들일까. 이상하다고만 생각했던 사람들에 대해서도 이해를 해보려고 노력하게 되었다.

한 명 한 명 떠올리며 귀한 면을 생각하니 나의 부족함이 부끄러울 뿐이었다. 내가 들풀보다 나은 게 무엇인가. 마을에서 무슨 도움이 되고 있는가. 다 내 탓이었다. 더 사랑하고 포용하지 못한 내 탓이었다.

사소하지만 중요한 깨달음, 풀들이 내게 준 선물이었다.

풀 포트럭 파티

다음날은 아침에 살짝 비가 내렸다. 어제 모였던 7인의 풀학교 수료생들은 숨 쉬는 카페에서 느지막이 브런치를 먹기로 했다. 케이틀린이 유기농 빵을 굽고 스프를 끓이고, 난 커피를 내렸으며 다른 사람들은 오는 길에 각자 풀을 뜯어와 샐러드를 만들었다. 풀 포트럭 파티?

어쩜 그리 취향이 만인만색인지 뜯어오는 풀이 다 달랐다. 섞어 놓으니 모양도 향도 다양한 것이 멋진 샐러드가 되었다. 소나기 뒤에 나오는 무지개처럼, 뭔가 한바탕 휩쓸고 지나간 우리에게 어울리는 혼합 샐러드였다.

부지런한 허클이 카페 내부를 꽃과 풀로 장식했고, 케이틀린은 나뭇가지와 꽃, 촛불 등으로 테이블 센터피스를 꾸며 아침부터 파티 느낌이 나도록 만들었다. 소박한 음식이지만 이렇게 차려먹으니 굉장히 특별하게 느껴졌다.

마을에 이렇게 꽃이 많은데 지금까지 꽃 장식을 할 생각을 못했다니! 우리는 숲 속 만찬을 하는 피터래빗들 같이 옹기종기 앉아 달그락 달그락 음식을 먹었다.

케이틀린이 조제한 마법 소스가 특별한 건지 풀이 싱싱해서 그런 건지 샐러드 맛도 기가 막혔다. 찰스가 입 안 가득 음식을 넣으며 세상에서 가장 행복한 미소를 지었다.

"풀에 대해 알고 나니 마을을 돌아다니는 게 즐거워졌어요."

평소 집에서 잘 나오지 않는 찰스로서는 정말 큰 변화였다.

"혹시나 하고 나와 본 거였는데, 풀학교가 그런 것일 줄이야."

"오늘처럼 풀 위주로 먹으면 다이어트도 잘 될 걸요?"

케이틀린이 찰스에게 희망고문 같은 조언을 했다.

"전 솔직히 마을에서 제자리를 찾지 못해 다시 사회로 돌아갈까 했는데 풀학교 덕분에 보잘것없는 역할은 없다는 걸 알았어요."

샤이, 웬만한 자리엔 드러나지 않고 조용히만 지내던 그는 갑자기 눈을 빛내며 말을 또박또박 했다.

"샤이! 그런 생각을 왜 하고 있었어? 조용히 자기 할 일 다 하고 마을에서도 빈 자리 찾아서 하는 거 모르는 사람 있나? 당장 샤이 없으면 우리 춘자부터 굶을 걸~"

하하는 오랜만에 이렇게 모여 떠드니 신이 난 것 같다.

"으이그. 자네가 좀 주면 안 되나, 춘자 밥."

"그게 하던 사람이 있으니 나까지 주면 과식이 될까봐."

마린과 하하, 두 사람이 투닥거리는 거 정말 오랜만에 보는 정겨운 풍경이었다.

"하루를 같이 했을 뿐인데 세상이 달라 보여요. 풀을 통해 다른 차원의 문을 여는 느낌이에요."

빨간 볼을 하고 눈을 반짝이는 허클이었다.

"어쩐지 풀들과 다 아는 사이가 되니 마을도 굉장히 가깝게 느껴지고요. 금방 서울로 가기가 싫어지네요."

"저도 그래서 조금 더 머물기로 했답니다. 풀학교도 좀 더 많은 분들과 한 번 더 하고 싶고……"

케이틀린이 말하자 마린이 덧붙였다.

"허클, 괜찮으면 마을에 더 머물러도 돼요."

웬일로 마린이 적극적으로 손을 내미네. 앗, 그러고 보니 나도 처음 올 때 그랬던 거 같은데…… 이거 혹시 상습적? 그러면서도 같이 권하고 있는 나는 뭐지.

"그렇게 해요, 허클. 우리 좀 더 같이 있어요. 생태마을 체험도 하고 명상도 배우고 할 거 많은데. 그리고 이건 비밀인데, 내가 재미있는 계획이 있는데 허클이랑 같이 하고 싶어."

"앗, 그게 뭐죠?"

"하하하. 허클 거의 넘어온 거 같은데~"

하하가 다 된 죽에 코를 빠뜨리려고 폼을 쟀다.

"내가 그동안 마을 생활하면서 꼭 하고 싶었던 것들이야. 이제 계획은 어느 정도 섰고 같이 할 사람만 있으면 돼."

"무슨 일인데?"

"사람은 어떻게 모으려고?"

마린과 하하가 연달아 물었다.

작은 숨 쉬는 마을

"놀라거나 걱정할 것 없어. 멤버는 우선 마을에서 원하는 분들과 외부에서 관심 가진 분들로 하려고 하고."

"그러니까 그 사람들이 누구냐고?"

"마을에선 여기 있는 주민 다섯 명으로 하고."

다섯 명의 동그란 눈이 일제히 나를 향했다.

"그렇게 좋아할 것까지야. 하하. 외부는 우프를 통해서 모집해 보려고 했는데 케이틀린과 허클이 왔으니 이렇게 일곱 명으로 시작하면 좋을 것 같아. 그러니까 여러분도......"

"뭐라고?"

"네, 네?"

"뭘 하는 건데?"

"무슨 일을 하나요?"

"작은 숨 쉬는 마을~!"

"그게 뭐야? 우리 마을을 작게 만드는 거야?"

"응. 작은 집 하나를 지으면서 시작해 보려고."

"아니, 집이 그렇게 많은데 무슨 집이 또 필요해?"

"그렇게 말하면서 뭐 찔리는 거 없어?"

으윽.

"숨 쉬는 마을의 모델하우스를 만들어 보고 싶어. 마을을 만들 때 현실적인 문제로 포기한 것들 다 적용해 보고, 마을 전체에 하기는 어려운 생태적인 시도들도 다 해보는 거지."

"우와 재밌겠네요. 저 하고 싶어요."

문제도 다 읽기 전에 정답! 허클이었다.

"그럴 줄 알았어~ 나도 아는 게 별로 없으니 같이 공부하면서 해보자. 패시브하우스, 에너지 자립, 생태화장실, 빗물활용세트 등을 제대로 만들어 보는 거야. 와. 신난다~"

"실은 여기 오기 전에 꼭 해보고 싶던 일들이었어요. 도시에서 친환경으로 산다고 애는 썼는데 한계가 있더라고요. 어떻게 하는 게 맞는지도 모르겠고."

"그렇지? 좀 시간이 걸리더라도 제대로 해보는 거야. 우리끼리니까 쫓기지 않아도 되잖아. 막내 아기돼지처럼 튼튼한 집으로! 하나라도 잘할 수 있으면 늘어나는 건 시간문제일 거야."

"오오~ 괜찮은데? 어떻게 이런 생각을 했지?"

"마린이 없는 동안 힘들 때 내가 뛰쳐나가지 않은 건 바로 이 꿈 때문이었어. 그냥 포기하기는 너무 아쉬운 거야. 한번이라도 최선을 다해하는 데까지는 해보고 싶었어."

"내가 참 사람 보는 눈은 있다니까."

"이준호씨, 그렇게 의기양양하실 일은 아닌 것으로 사료되옵니다만."

"그럼 우린 뭘 하며 되지?"

"지금부터 서로 얘기하면서 정하는 거지. 그리고 이게 다가 아니야."

난 케이틀린을 보며 말을 이어갔다.

"작은 숨 쉬는 마을에는 너무 강제적이지도 너무 방종하지도 않은 자율적인 공동체 모델이 필요하고"

이번에는 마린과 하하를 보며 고개를 끄덕였다.

"균형 있는 삶을 위한 4-4-4 생활 시스템과 내면으로 인도해 주는 호흡명상도 있어야 하며"

찰스와 샤이 쪽을 보았다.

"먹을거리 자급자족을 위한 유기농 농사 계획과 마을 의사결정 시스템"

허클은 아예 입을 벌리고 듣고 있었다.

"현대인들이 무엇을 원하는지 알고 어떤 삶을 살 것인지 공부하는 모임 등등이 필요해..."

그뤠잇!

이구동성이었다.

"생각하는 대로 다 할 수 있어. 함께 하면~"

"정말 그럴 수 있을 거 같아."

"숨 쉬는 마을 특공대 화이팅!"

"어때요? 사랑하면 알게 되고 알게 되면 보이나니 그때 보이는 세상이 전과 같지 않아지는 그 마법~ 여기도 일어난 것 같은데요?"

나의 말에 케이틀린은 여신 미소를 뿜뿜 발산하며 무언가를 꺼내들었다.

　"그런 것 같네요? 그럼 이걸 한번 해볼까요?"

작은 숨 쉬는
마을

숨쉬는 마을 속 숨쉬는 하우스...

생태공동체의 유니버설 스튜디오~

태양광패널

유기농 텃밭

생태화장실

빗물 저장통

그리고 행복을 만끽하고 있는 한 여인..

너무 행복해!!
이런게 인생이지~호호

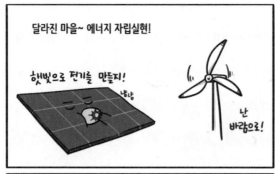

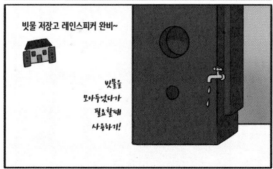

삶의 질도 업그레이드!
한번 때면 사흘 가는 뜨끈뜨끈 구들장!

뜨끈뜨끈~
외갓집 부뚜막 같아~

생활용품은 모조리 천연으로!

천연 비누와
화장품

염색해서
바느질 한 옷

짜잔~

유기농 재료로 유기농 음식까지~

....라고 미리미리 꾸는 5차원 꿈~~

츄릅

당신은 어떤 천사를 만났나요?

케이틀린이 늘 가지고 다니는 천 가방에서 카드 같은 것을 꺼내 센터 피스 주위로 둥글게 늘어놓았다. 그렇잖아도 아침부터 그 가방에서는 신기한 요리도구부터 센터피스 꾸미는 장식품 등 온갖 것들이 나오더니 이젠 카드게임까지 나왔다. 아니, 게임이 아닌가?

작은 카드인데 수십 개는 되는 것 같았다. 자세히 보니 각각 다른 무언가를 하는 천사 그림이 그려져 있고 그것을 표현하는 단어가 영어로 적혀 있다. 케이틀린은 우리가 미처 자세히 살펴볼 틈도 없이 빙 둘러서 다 놓더니 먼저 각자 하나씩 뽑아 보자고 했다.

"72개의 엔젤카드예요. 마음속으로 질문을 떠올려 보세요. 그리고 마음과 손이 가는 대로 한 장을 뽑는 거예요. 시작하기 전에 먼저 잠시 눈을 감고 파장을 맞춰 볼게요."

"하하. 드디어 기도하는 시간인가요?"

"진지하게 하시는 거예요. 나의 엔젤과 교감을 하면서……"

"엔젤이요?"

"나를 보호해 주고 인도해 주는 존재라고 생각하세요. 수호신이라고
도 할 수 있죠."

"그런 분이 정말 있을까요?"

"때때로 그런 생각이 들지 않나요? 아, 태어나서 살아가는 것이 내
힘으로 되는 것이 아니다, 도움 주는 분이 계시다... 그렇지 않아요? 제
가 여기 와서 여러분을 만나게 된 것도 참 놀라운 일인데, 보이지 않는
인도에 의해 오게 된 것 같고요.

저는 늘 한국에서 좋은 분들과 이런 것들을 나누기를 기도해 왔거든
요. 그런데 정말 우연한 인연으로 숨 쉬는 마을에 와서 이렇게 만나고
있잖아요. 간절히 원하면 이루어진다? 저는 정말 믿어요. 제 삶에서 그
런 신기하고 감사한 일들이 많이 일어났답니다. 아마 여러분도 그럴 거
고요."

"그거 혹시 종교 아닌가요?"

"저는 종교를 가지고 있지 않지만 평소 생각이 그래요."

"풀밭교 아니에요? 하하."

"으이그, 하하!"

"풀밭교 좋네요. 저는 굳이 얘기한다면 대자연을 섬긴다고 할 수 있 겠네요......"

"마녀라는 별명에 어울리네요."

"그런가요? 마녀란 신과 인간 사이에서 소통하는 존재라고 할 수 있 으니, 저는 자연과 인간의 소통을 돕는 작은 마녀라고 할 수 있을 것 같 아요. 호호. 자, 그럼 의혹이 풀렸으면 엔젤 명상을 시작해 볼까요?"

자신이 간절히 원하는 것을 떠올려 보세요.

지금 절실하게 구하는 질문에 답을 구해도 되고요.

자신의 진로나 미래에 대해 명상해도 됩니다.

......

우리가 누군가~ 매일 새벽 호흡명상을 하는 숨 쉬는 마을 주민들~ 우린 평소 하던 대로 호흡을 하며 마음에 집중했다.

눈을 감아도 큰 창으로 환하게 햇빛이 들어와 눈꺼풀을 간질이고 열린 문으로는 새소리가 청량하게 들려왔다. 이곳이야. 내가 발을 딛고 시작하는 곳, 작은 숨 쉬는 마을. 나는 여기서 어떤 마을을 짓게 될까?

준비가 되신 분은 마음속 질문에 집중하면서 카드를 뽑습니다.

고민하지 말고 편하게 하세요.

다들 눈을 뜨고 한 장씩을 뽑아 들었다.

"다 뽑으셨나요?"

"뒤집어서 읽어보시고요. 보여주셔도 좋고 마음속에 간직하셔도 좋습니다. 영어 단어가 하나로만 해석되지는 않으니 스마트폰으로 뜻을 찾아보셔도 좋아요."

"나는 왜 honesty가 나온 거지?"

"정직 아니야? 음... 하하. 그러게 평소에 정직하게 살아야지."

"장난으로 하시면 안 되고요. 하하는 왜 정직이 나온 것 같아요?"

하하는 평소 모습과 달리 진지하게 생각을 해보더니,

"나 자신에게 정직해야 할 거 같아요."

"어떤 의미일까요?"

"생각해 보면 저는 늘 남들이 좋아하는 걸 우선으로 살았어요. 그렇지 않으면 싫어할까봐, 소외될까봐......"

하하... 어쩐지 눈이 촉촉해진 것 같아. 늘 장난만 치던 하하의 이런 모습 처음이야.

"사실 하고 싶지 않은데 분위기상 하는 일이 많았어요. 하도 그렇게 살다보니 내가 정말 하고 싶은 게 뭔지도 모르겠고요."

"그러셨군요......"

"이런 내가 불쌍하다는 생각이 들어서......"

하하는 한동안 말을 잇지 못했고, 케이틀린은 깊은 공감의 눈빛으로 기다려주었다.

"이젠 나에게 솔직해지고 내가 원하는 걸 찾아서 해야겠다는 생각이 들어요."

하하와 케이틀린의 대화를 들으며, 다들 자신의 카드를 뚫어지게 보며 생각에 잠겼다. 뒤집어서 그림도 확인하고 옆 사람 것도 확인하니 정말 신기했다.

joy는 무슨 의미지? 왜지?

justice, depth, honesty, humor...

놀랍게도 각자 자신의 상황에 꼭 맞게 해석이 되었다. 그 중에서도 내가 뽑은 엔젤카드는 나를 풀밭 엔젤교의 신봉자로 만들어 놓았다.

'transformation'

보기에도 생소한 이 단어는 사전을 찾아보면,

'완전한 변화, 변신'

글자로 들어오지 않는 의미는 카드에 그려진 그림으로 충분히 설명이 되었다.

천사가 황금빛을 발하며 변신하고 있는 모습이었다. 이보다 더 좋을수 있을까. 이보다 딱 맞을 수 있을까. 나의 머릿속에는 황금빛으로 변신하는 작은 숨 쉬는 마을이 가득 떠올랐다. 그 안에서 황금빛 공기처럼 가볍게 뛰어노는 나의 모습도.

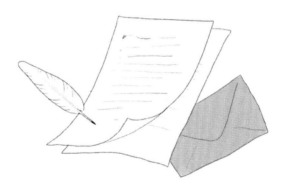

변하지 않는 건 이상해

나 서울로 돌아가리라
새벽빛 와 닿으면 꾸벅이는
도반 더불어 명상을 하면서

나 서울로 돌아가리라
노을빛 함께 여럿이서
시끄럽게 먹다가 혼밥 그리우면은

나 서울로 돌아가리라
기나긴 이 마을 회의 끝나는 날
가서, 지긋지긋했다고 말 하리라……

이러면서 시작했던 이야기가 작은 숨 쉬는 마을까지 오게 되었다. 일곱 명으로 시작한 일이 주민 대부분이 참여하는 마을 일로 확대됐는데 누가 시키지 않아도 서로들 참여하고 싶다고 안달이었다. 이게 그

렇게 재밌어 보이나. 톰소여가 페인트칠 하던 일화가 생각나서 웃음이
난다.

작은 숨 쉬는 마을, 자꾸 발음하면 왠지 가벼워지고 즐거워진다. 그
래서일까? 시작하자마자 일사천리로 진행이 되었다. 십시일반으로 모
은 자금으로 벽과 지붕은 다 올라갔고 좀 더 생태적으로 만들 수 있는
방법을 의논하느라 마을회의도 오랜만에 자주 열렸다.

집은 목조로 하고 벽의 일부를 황토로 하기로 했다. 지붕은 아예 태
양광 패널로 만들어서 태양광을 기본으로 사용하기로 했고, 생태화장
실은 집에 붙여서 예쁘게 지었다.

문제가 많았던 빗물 저장장치는 주민 중 한 분이 개발한 '스페이스
선 레인스피커'를 들여놓기로 했다. '지구에게 듣다'라는 소제목을 달
고 있는 레인스피커는 스피커 모양을 하고 있어 집 자체가 커다란 오
디오처럼 보인다. 비라도 오면 정말 지구의 소리를 듣는 것처럼 환상적
인 비주얼과 사운드를 즐길 수 있다.

작은 집 창으로는 팔문원 모양으로 만든 텃밭이 한 눈에 들어온다.
케이틀린이 안내하는 대로 퍼머컬처 원리에 따라 만든 밭인데 온갖 꽃
과 풀이 어우러져 조화를 이루고 있다.

먹을거리 자급자족이 목표이긴 하지만 우린 채소류만이 아닌 다양한 식물을 심어 자연스럽게 어우러지도록 했다. 어린 시절 시골 외갓집에 있던 뒤꼍이 생각나는 정겨운 밭이다. 한 폭의 아름다운 풍경화처럼, 늘 마음에 남아있는 할머니의 뒤꼍에는 없는 것이 없었다.

정말 우리 것이 세계적인 것인가 보았다. 외국에서 배워왔다는 퍼머컬처가 원래 우리에게 있던 뒤꼍하고 비슷할 줄이야.

사루비아, 딸기, 과꽃, 석류, 금국, 라벤다, 레몬밤, 소리쟁이, 패랭이, 쑥, 가지, 고들빼기, 감자, 생강, 땅콩...... 이렇게 섞어서 심어 놓으면 따로 관리를 많이 하지 않아도 자기들끼리 순서대로 피고지고 하며 땅도 튼튼해지고 연중 잘 자란다고 한다. 보고만 있어도 배가 부르고 든든한 텃밭이다.

허브차 한잔을 들고 작은 집 창가에 서니 행복감이 몰려온다. 집은 아직 미완이지만 배경은 이미 완성이다. 아름다운 원형 텃밭 뒤로 산과 하늘이 보이고 귀에는 새소리가... 아닌 춘자 짖는 소리가 들려온다. 또 닭들이 밖으로 나왔나 보군.

며칠 전 냉장고에서 꺼내놓은 식빵
여전히 하얗고 보드랍기만 한 식빵

얼마 전 잡지에서 본 나의 얼굴
여전히 예쁘고 주름 하나 없는 얼굴

변하지 않는 건 너무 이상해
변하지 않는 건 너무 위험해

변하지 않는 걸 위해 우린 변해야 해

_이효리, '변하지 않는 건'에서

하늘의 구름이 쉴 새 없이 움직이며 그림을 그려낸다. 숨 쉬는 마을
도 여러 모습을 가지고 있다. 화창한 봄날 같던 첫인상, 신나는 밀월을
거쳐 폭풍우 같은 암흑기를 지나 다시 희망 열매가 열리기 시작하는
지금까지, 내가 온 이후에도 얼마나 많은 변화가 있었는지.

우리가 나이를 먹고 변하듯이, 숨 쉬는 마을도 변하는 건 당연하고
그래야 건강하다. 트루먼 쇼에 나오는 세트장이 아니므로 각본에 없
는 여러 모습을 보여줄 것이다.

구성원들이 삶을 가꾸듯 마을을 가꾸는 한, 유기적으로 자라고 지
속적으로 변화해갈 것이다. 풀학교를 통해 한 번도 들여다본 적 없는

땅 위 1cm 세상에서 기적을 발견했듯이, 우린 작고 사소한 것에서 계속 행복을 찾고 배움을 얻을 것이다.

그냥 잡초란 없었다. 하나하나 이름이 있고 역할이 있고 자기 자리가 있었다. 동시대를 열심히 살고 있는 수많은 김지영들이 이런 기쁨을 알게 되었으면 좋겠다. 쳇바퀴 도는 삶에서 조금만 각도를 달리 하면 보이는 다른 세상이 있음을……

평범하지만 특별한 우리 모두는 작고 여린 풀이 도시의 아스팔트를 뚫고 나오듯이, 자신의 삶을 개척할 힘이 있다고 믿는다. 숨 쉬는 학교에서 만난 인연이 숨 쉬는 마을로, 그리고 지금의 자리로 자연스럽게 흘러왔듯이.

이곳에 와서 명상을 배우면서 우리가 지구에 태어난 목적은 배우기 위해서라고 들었다. 태어나서 살아온 것이 곧 배움을 얻는 과정이었다. 앞으로도 많은 배움과 함께 나의 삶은 알찬 열매로 영글어갈 것이다. 더 나은 길을 찾고 부지런히 배우는 것을 멈추지 않을 것이기에.

미리미리, 고마워요!

어딘가에서 나를 부르는 소리가 있다.

생태요정님!

나오지 않아도 알 수 있다. 이 숨 쉬는 집에서, 알록달록 싱그러운 텃밭에서, 통통 부딪히는 빗물 속에서, 태양광 지붕을 스치는 바람 소리에서, 별이 가득한 맑은 밤하늘에서, 유기농 빵이 구워지는 냄새에서, 이 모든 유기농 상상 속에서...... 느낄 수 있으니까. 완벽하진 않지만 그런대로 깊고 편안한 숨을 쉬고 있음을.

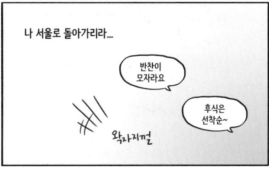

나 서울로 돌아가리라...

숨쉬는 마을 끝장토론

기나긴 이 마을 회의 끝나는 날

가서, 지긋지긋했다고 말 하리라

주제 : 만장일치를 빨리 이루는 방법

워워워 잠깐!
언제 적 이야기를
하고 있는 거야?

난 지금 작은 숨쉬는 마을에서

깊이 숨쉬며~ 행복하다고

말 하리라~

고백

이 이야기는 사실은 거의 상상입니다. 일 년 동안 해보려고 했던 것들을 다 하지는 못했어요. 하지만 이후 블로그를 주목해 주세요. 소설을 현실로 만들어가는 과정을 보실 수 있을 거예요. 숨 쉬는 마을로 직접 방문하셔도 좋구요~

편리하게 살고 싶지만 자연에 폐 끼치기는 싫은 사람
지구에 사는 동안 좋은 영향 끼치고 살다 가고 싶은 사람
그냥 어떻게 살아야 할지 잘 모르겠는 사람

작은 숨 쉬는 마을에서 같이 공부해요.
환영합니다!

✳책에 나오는 장소와 인물에 대하여

이 책 《숨 쉬는 마을로 라라라~》는
실재하는 마을과 인물을 바탕으로 하여 작가가 창작한 것입니다.
참고로, 모델이 된 곳의 이름은 다음과 같습니다.

숨 쉬는 마을은 '생태공동체 선애마을(선애빌)'이고
도심 속 명상학교는 '명상학교 수선재'입니다.

선애마을 대표 카페
cafe.naver.com/seonaeville

기대리선애빌, 영암선애빌, 외산선애빌 등은 방문하실 수 있고
게스트하우스에서 묵어가실 수도 있습니다.
원하시는 분은 그때그때 스케줄에 따라
다양한 생태체험이나 명상프로그램에 참여하실 수 있습니다.
또한 우프코리아(wwoofkorea.org) 사이트를 통하여 회원가입을 하고
일정 기간 마을 일을 하면서 머무는 체험을 신청할 수도 있습니다.

영암선애빌

전남 영암군 신북면 모산리 31-15 (KTX나주역 15분)

www.seonaeville.co.kr

기대리선애빌

충북 보은군 마로면 기대리 788-6 (속리산IC 10분)

www.gidaeri.com

외산선애빌

전남 고흥군 포두면 차동리 162-1 (고흥 또는 벌교IC 20분)

카페 크리스탈 에그

전남 고흥군 포두면 어딘가

스페이스 선

충북 충주시 소태면 덕은리 515-2

www.spaceseon.com

명상학교 수선재

www.suseonjae.org

문의전화 1544-1150 (전국, 가장 가까운 지부로 연결됨)

세상에 이런 마을에서 라라라~

1판1쇄 발행 2018년 1월 1일

지은이 장미리
기　획 선애마을회

펴낸곳 수선재북스협동조합 | **펴낸이** 김부연
출판등록 : 2017년 8월 9일(제25100-2017-000010호)

홈페이지 www.ssjbooks.com
주소 인천광역시 계양구 장군봉길 40, 503호(귤현동)
주문 전화 070-4045-9454 | **팩스** 02-6918-6789
대표메일 ssjbooks@gmail.com

ISBN 979-11-86725-12-2 03810

이 도서의 국립중앙도서관 출판예정도서목록(CIP)은 서지정보유
통지원시스템 홈페이지(http://seoji.nl.go.kr)와 국가자료공동
목록시스템(http://www.nl.go.kr/kolisnet)에서 이용하실 수
있습니다. (CIP제어번호: CIP2017032884)